U0605248

新文学选集

洪灵菲选集

开明出版社

洪灵菲先生遗像

（一九二九年摄）

一九二九年和家属合影

出版说明

新中国成立不久，中央人民政府文化部就成立了"新文学选集编辑委员会"，负责编选"新文学选集"，文化部部长茅盾任编委会主任，出版总署副署长叶圣陶、中宣部文艺处处长、作协党组书记兼副主席、《文艺报》主编丁玲、文艺理论家杨晦等任编委会委员。"新文学选集"1951年由开明书店出版，是新中国第一部汇集"五四"以来作家选集的丛书。

这套丛书分为两辑，第一辑是"已故作家及烈士的作品"，共12种，即《鲁迅选集》《瞿秋白选集》《郁达夫选集》《闻一多选集》《朱自清选集》《许地山选集》《蒋光慈选集》《鲁彦选集》《柔石选集》《胡也频选集》《洪灵菲选集》和《殷夫选集》。"健在作家"的选集为第二辑，也12种，即《郭沫若选集》《茅盾选集》《叶圣陶选集》《丁玲选集》《田汉选集》《巴金选集》《老舍选集》《洪深选集》《艾青选集》《张天翼选集》《曹禺选集》和《赵树理选集》。

"选集"的编排、装帧、设计、印制都相当考究。健在作家选集的封面由本人题签。已故作家中，"鲁迅选集"四个字选自鲁迅生前自题的"鲁迅自选集"，其他作家的书名均由郭沫若题写。正文前印有作者照片、手迹、《编辑凡例》和《序》；"已故作家"的"选集"中有的还附有《小传》，《序》也不止一篇。初版本为大 32 开软精装本，另有乙种本（即普及本）。软精装本扉页和封底衬页居中都印有鲁迅与毛泽东的侧面头像，因为占的版面较大，格外引人注目。毛泽东在《新民主主义论》中称鲁迅"是文化新军的最伟大和最英勇的旗手"，"是中国文化革命的主将"，"不但是伟大的文学家，而且是伟大的思想家和伟大的革命家"，"鲁迅的方向，就是中华民族新文化的方向"，刊印鲁迅头像是为了突出鲁迅在新文学史上的权威地位，将鲁迅头像与毛泽东头像并列刊印在一起，则寄寓着以鲁迅为代表的"五四"新文学发展的最终方向，就是走向 1942 年以后的文艺上的"毛泽东时代"。学习毛泽东《在延安文艺座谈会上的讲话》，实践毛泽东提出的革命文艺发展的正确方针，是新中国文学发展的必由之路。

"已故作家"中，鲁迅、朱自清、许地山、鲁彦、蒋光慈五人"因病致死"；瞿秋白、郁达夫、闻一多、柔石、胡也频、洪灵菲、殷夫七人都是"烈士"，是被反动派杀害的。鲁迅和瞿秋白是"左联"主要领导人；蒋光慈、洪灵菲、胡也频、柔石、殷夫都是"左翼作家"。闻一多、朱自清是"民主主义者和民主个人主义者"，但他们"在美国帝国主义者及其走狗国民党反动派面前站起来了"，"闻一多拍案而起，横眉怒对国民党的手枪，宁可倒下去，不愿屈服。朱自清一身重病，宁可饿死，不领美国的'救济粮'。他们是我们民族的脊梁"，"表现了我们民族的英雄气概"。① "已故作家"和"烈士作家"选集的出版，"正说明了中国人民的、革命的文学和文化所走过来的路，是壮烈的"②。

"健在作家"中郭沫若位居政务院副总理兼文教委主任，是国家领导人。茅盾"是党的最早的一批党员之一，曾积极参加党的筹备工作和早期工作"，③ 又是新中国的文化部部长、作家协会主席，身份特殊。洪深、丁玲、张天翼、田汉、艾青、赵树理等都是党员作家。叶圣陶、巴金、老舍、曹禺等人在文学上的成就自不待言，又都是我党亲密的朋友，是"进步的革命的文艺运动"（茅盾语）的参与者，是"革命文艺家"④。

"健在作家的作品"，由作家本人编选，或由作家本人委托他人代选。"已故作家及烈士的作品"，由编委会约请专人编选。《郁达夫选集》由丁易编选、《洪灵菲选集》由孟超编选，《殷夫选集》由阿英编选，《柔石选集》由魏金枝编选，《胡也频选集》由丁玲编选，《蒋光慈选集》由黄药眠编选，《闻一多选集》和《朱自清选集》均由李广田编选，《鲁彦选集》由周立波编选，《许地山选集》由杨刚编选。编委会约请的编选者

---

① 毛泽东：《别了，司徒雷登》，《毛泽东选集》第 4 卷，人民出版社 1991 年版，第 1496 页。
② 冷火：《新文学的光辉道路——介绍开明书店出版的"新文学选集"》，《文汇报》1951 年 9 月 20 日第 4 版。
③ 胡耀邦：1981 年 4 月 11 日在沈雁冰追悼会上的致词。
④ 冷火：《新文学的光辉道路——介绍开明书店出版的"新文学选集"》，《文汇报》1951 年 9 月 20 日第 4 版。

　　多为名家，且与作者交谊深厚，对作者的创作及其为人都有深
切的了解，能够全面把握作家的思想脉络，准确地阐述其作品
的文学史意义。《鲁迅选集》和《瞿秋白选集》则由"新文学
选集编辑委员会"编选，规格更高。

　　这套丛书的意义首先在于给"新文学"定位。《编辑凡例》
中说："此所谓新文学，指'五四'以来，现实主义的文学作
品而言"；"现实主义是'五四'以来新文学的主流"；"新文学
的历史就是批判的现实主义到革命的现实主义的发展过程"。
这种独尊"现实主义的文学"的做法，把浪漫主义、象征主义
以及意识流小说等许许多多优秀的文学作品挡在"新文学"的
门槛之外了，在今天看来不免"太偏"，可在新中国成立伊始
的"大欢乐的节日"里，似乎是"全社会"的"共识"。《编辑
凡例》还说："这套丛书既然打算依据中国新文学的历史发展
的过程，选辑'五四'以来具有时代意义的作品"，使读者
"藉本丛书之助"，"能以比较经济的时间和精力对于新文学的
发展的过程获得基本的初步的知识"，从而点出了这部"新文
学选集"的"文学史意义"：编选的是"作品"，展示的则是
"新文学的发展的过程"。把"现实主义的文学"作为"新文
学"的主流，以此来筛选作品；重塑"新文学"的图景；规范
"新文学史"的写作；建构"新文学"的传统；回归"完整的
理论体系和最高指导原则"；为新中国的文学创作提供借鉴和
资源，乃是这套"新文学选集"的意义和使命所在，因而被誉
为"新文学的纪程碑"。

　　遗憾的是这套丛书未能出全。"已故作家及烈士的作品"

只出了 11 种,《瞿秋白选集》未能出版。瞿秋白曾经是中共的"领袖",按当时的归定:中央一级领导人的文字要公开发表,必须经中央批准。再加上瞿秋白对"新文学"评价太低,他个别文艺论文中的见解与"左翼"话语相抵牾,出于慎重的考虑,只好延后。健在作家的选集也只出了 11 种,《田汉选集》未能出版。他在 1955 年人民文学出版社出版的《〈田汉剧作选〉后记》中对此做了解释:

> 当 1950 年新文学选集编辑委员会编选五四作品的时候,我虽也光荣地被指定搞一个选集,但我是十分惶恐的。我想——那样的东西在日益提高的人民的文艺要求下,能拿得出去吗?再加,有些作品的底稿和印本在我流离转徙的生活中都散失了,这一编辑工作无形中就延搁下来了。

"作品的底稿和印本"的"散失",并不是理由;"惶恐"作品"在日益提高的人民的文艺要求下,能拿得出去吗?",这才是"延搁"的主因。出版的这 22 种选集中,《鲁迅选集》分上、中、下三册,《郭沫若选集》分上、下二册,其馀 20 位作家都只有一册,规格和分量上的区别彰显了鲁迅和郭沫若在我国现代文学史上崇高的地位,鲁迅是新文化运动的旗手和主将，郭沫若是继鲁迅之后的又一位"主将"和"向导"①，从而为鲁郭茅巴老曹的排序定下规则。

　　鉴于这套丛书的重要意义，本社依开明版重印，并保留原有的风格，以飨读者。

开明出版社

① 周恩来：《我要说的话》，重庆《新华日报》1941 年 11 月 17 日第 1版。

编辑凡例

一、此所谓新文学，指"五四"以来，现实主义的文学作品而言。如果作一个历史的分析，可以说，现实主义是"五四"以来新文学的主流，而其中又包括着批判的现实主义（也曾被称为旧现实主义）和革命的现实主义（也曾被称为新现实主义）这两大类。新文学的历史就是从批判的现实主义到革命的现实主义的发展过程。一九四二年毛主席在延安文艺座谈会的讲话发表以后，革命的现实主义文学便有了一个新的更大的发展，并建立了自己完整的理论体系和最高指导原则。

二、现在这套丛书就打算依据这一历史的发展过程，选辑"五四"以来具有时代意义的作品，以便青年读者得以最经济的时间和精力获得新文学发展的初步的基本的知识。本来这样的选集可以有两种方式，一是按照作品时代先后，成一总集，又一是个别作家各自成一选集；这两个方式互有短长，现在所采取的，是后一方式。这里还有两个问题须要加以说明。第一，这套丛书既然打算依据中国新文学的历史发展的过程，选辑"五四"以来具有时代意义的作品，换言之，亦即企图藉本丛书之助而使读者能以比较经济的时间和精力对于新文学的发展的过程获得基本的初步的知识，因此，我们的选辑的对象主要是在一九四二年以前就已有重要作品出世的作家们。这一个范围，当然不是绝对的，然而大体上是有这么一个范围，并且也在这一点上，和《人民文艺丛书》作了分工。第二，适合于上述范围的作家与作品，当然也不止于本丛书现在的第一、二两辑所包罗的，我们的企图是，继此以后，陆续再出第三、四……等辑，而使本丛书的代表性更近于全面。

三、本丛书第一、二两辑共包罗作家二十四人，各集有为作家本人自选的，也有本丛书编委会约请专人代选的，如已故诸作家及烈士的作品。每集都有序文。二十余年来，文艺界的烈士也不止于本丛书所包罗的那几位，但遗文搜集，常苦不全，所以现在就先选辑了这几位，将来再当增补。

新文学选集编辑委员会

一九五一年三月，北京

我所知道的灵菲

孟　超

　　我认识灵菲是在一九二七年冬天，那时正是大革命退潮之后，革命势力退出武汉，在中国共产党领导之下，经过了南昌暴动，部队进入潮汕，发动了广州暴动，党的活动便转向地下，反革命的刽子手们虽然到处加紧进行着残酷的白色恐怖，但许多革命工作者对于他们的回答，却是不屈不挠的反抗意志和继续搏斗的事实。而我们这一群，抱着同样的心情，从不同的战场上，从不同的省份里，冒着追捕、杀害的种种危险，聚集到了上海。在新的革命工作的要求之下，寻取了另一种斗争方式，用笔的武器，开始建立了阶级文学的新的阵地。当时，光赤、阿英和我，把曾经在武汉酝酿过的文艺团体，正式组织成了太阳社，创办了《太阳》月刊；灵菲、平万，还有杜老国庠（那时他化名林伯修），组织了我们社，出版了《我们》月刊。这两个团体，这两个刊物，虽然对外是各自独立着，其实在同一目标之下，不但步调一致，慢慢的两个组织也由二化一了。

我还记得和他最初的见面，是在北四川路底横浜桥口一家极小的广东馆子里，我和阿英在那里吃最廉价的包饭，他和平万、杜老也常常在另一个桌上出现。这个饭馆客人并不太多，每次相遇，从神态中，从谈话的口风中，彼此是早已默识了，但开始接谈，还是经过了郁达夫的介绍。他把大家拉拢到一个桌上，几杯白酒，一场热烈的叙话，从此就恍如多年的旧交。不过，灵菲平常总是谨愿沉默，不多发言，虽然也有感情激越的时候，只不过高笑几声，一刹又恢复到宁静，特别是对于他过往的事迹，更是很少叙述。现在时间相隔已经二十几年了，每次回想旧事，虽然他那瘦削清癯的身影，他那诚挚热情的神态，往往就自然涌上眼前；而关于他的出身经历，以及怎样的走上革命的道路，总觉得知道的实在不够详细，难以整理出个头绪。

据我仅能忆及的：他是广东潮州人，曾经在广东高等师范学校毕业，这个学校便是后来的中山大学。当他还在学校读书的时候，正是南中国革命潮流高涨的期间。他在中国共产党最初运用统一战线政策而获得成功的国共合作政治局面下，开始参加了学生运动，参加了当时属于国民党左派的组织，更由此接近了马列主义，参加了中国共产党。他曾在沙基惨案反帝斗争中，做过不少的组织与宣传的工作；他也曾亲眼看见过中山舰事变的发生，看见过北伐，以至于蒋介石的叛变革命和屠杀革命力量。萧楚女、张太雷以及许多死难烈士的斑斑的血迹，更培养了他，教育了他，使他愈加坚强起来。由于事变之前他曾工作在广东政府海外部，兼作着党的支部工作，早已被反动派所嫉视；事变以后，就被通缉，几次受追捕搜查，有一次躲到尼站庵的棺材房里才幸免于难。这样，他成了奔波流亡的逋逃者，流浪到新嘉坡，流浪到暹罗。虽然无时无地忘记过革命事业，但无处可以容身。最后，乃决然到了上海，我们的相识正是在他流亡之后。

我还记得在一个寒风峭厉霜雪逼人的晚上，在他住的亭子间里，我们两个人瑟缩地坐在没有热气的火钵旁边。严酷的时令正象征着当时严酷的政治环境。他却忽然的把平时冷静沉郁的心的慢幕揭开，露出了内蓄着的狂烧着的热情，高声朗诵李白的诗，杜甫的诗，拜伦、雪莱的诗，用长歌狂啸抒发尽了久压的淤积。自然，曾经度过二七年代的革命潮浪的人，谁也会知道那时革命青年中是有不少的人存在着两种互相矛盾的感情生活，一面是严肃的工作，坚韧的精神；另一面就是浪漫谛克的气质和行动。当然，这还是由于革命知识分子的阶级性的限制。但这表现在灵菲身上，却显得极不调和，因为他的诚朴谨愿使人难于想象到他的豪放疏狂。这样，使我不能不笑着向他说："你具有纯厚的，不加雕琢的农民的性格，同时也具有放浪形骸的诗人士大夫的性格。"他听了我这话，沉了一沉，收敛了那激发的感情，慢慢的告诉了我他的身世。

他出身在一个贫苦破落的家庭中。他的父亲是落第秀才，最初靠了课蒙为生，后来转业中医。他从小就长养在农村里边，得到了土地的培育，也沾染了土地的气息。家庭中父母，弟兄，姊妹七八口之多，主要的依赖了他父亲不足五十元的收入，来维持全年的生计。他告诉我说：从出世长到十五岁，还没有尝到鸡蛋是甚么滋味。他五六岁的时候，就已经参加了家庭的劳动工作。每天，天还不亮，鸡刚叫过，就同姊姊弟弟拿着吊箕、铁钯，到村巷里，捡拾猪粪、蔗渣；猪粪捡来做肥料，蔗渣捡来当柴烧。在农村里，穷苦人家的孩子们都做这些劳动，然而却被富人家孩子瞧不起，对他掩鼻而过，加以卑视的白眼，甚至于迎面向他额角上吐上两口唾沫。这样，贫与富的阶级间的不平的思想，在他幼小的年代早已插下根，种下了仇恨的苗。自然在当时他只能背地里偷哭，向着爸爸妈妈申诉，而能够得到的安慰，也仅仅是："孩子，等你长大成人，有了出息就好了。"这是妈妈的话。至于严肃的父亲，就连这点都没有，除了要求他"上进"之外，只有对他的苛责了。

他缕缕的叙述着这些童年的琐事，窗外呼呼的北风，似给他做着忧郁的伴奏；然而，他的话却又从低沉转到了激昂："'有出息'、'上进'，全是空话，现在我早已明白了这些社会制度造成的罪恶，只有用革命来解决的。"这些故事给我以启示，使我更进一步知道他与革命的结合，固然由于时代所造成，而他的家庭，他的出身，几乎使他具备了先天的革命的条件的。

在那时，灵菲惯说的一句话是："革命运动虽然受到暂时的挫折；但我们有一枝笔，就会使他从另一方面蓬勃起来的！"是的，当时革命文学运动的确是有了极大的开展。从事这一运动的，由各地汇集到了上海，得到党的指导，特别是秋白同志，更是重视这一工作。在我们这一小部分中，又推他是最勤奋最辛劳的一个。他从那时起，编辑着《我们》月刊之外，一连串的写了不少的小说，印成单行本的，有《流亡》《前线》《转变》《明朝》《气力出卖者》《家信》《长征》《归家》等；其他短篇的文艺论文，除了发表在《我们》月刊，也散见于其他刊物，如《太阳》《海燕》《拓荒者》《海风周报》《大众文艺》《文艺讲座》等；翻译方面，他译过高尔基的《我的童年》《赌徒》等。不过，不久之后，国民党反动派发动了极残暴的文化压迫，许多进步书店遭了封闭，书籍刊物也都受了查禁，因此他的作品多半不能公开发售，甚至还有一部分刚印出来的，也失掉与读者见面的机缘。而他自己在这种环境之下，为了避免反动检查机关的注意，有不少的文章是用了林曼青，林荫南，李铁郎……等等笔名发表的。所以他的作品散佚特多，不易搜集，有的流落在书摊书肆，由于署着生疏的名字，也容易被人忽略过去。我常常想到他的作品正如他一生所遭受的一样，颠沛困厄，以至于尸骨都失掉了着落。正因这样，使我们更不能不载指着那曾经横暴一时而现在遁处台湾托庇于美帝国主义仍在进行卖国活动的蒋介石匪徒和他那反动残馀力量，而永无消解仇恨的一天！

在这里，让我顺便略谈一谈灵菲的小说，特别是作为选品的这一部《流亡》：这是他最初的作品，自然这里边所表现的，只是一般小资产阶级的思想感情，如果我们拿二十年后现在的尺度去衡量它，也许会感到不够完整，不够精炼，或者与今天的要求不能完全契合。然而追溯起来，从革命文学的发展阶段上看，那是正在开创的初期，这作品却已经能够表现了那一时代，并且代表了当时的情调风格等等，这还是值得我们重视的。正因为这个原因，贯串在整个《流亡》中的，一方面不免是以感情去接触革命；另一方面又不免是抽象的表现了革命的概念。他以浪漫主义的表现方法，在革命的故事中揉杂了不少的恋爱场面，我们也不能否认在风格上是受了郁达夫的影响（自然他没有郁达夫的颓废的一面）。可是，我们更应该着重的指出：他不但是忠实的反映出在革命低潮中革命青年由各种苦闷而转到反抗的历史事实；同时，并以愤慨的热情，恣肆的笔力，对于那黑暗的政治，黑暗的社会，以及屠夫刽子手的疯狂的压迫与虐杀，加以无情的暴露，进一步的指出革命才是唯一出路，这样鼓舞了广大青年，教育了广大青年。因此，他对青年起了一定的影响，对革命运动起了一定的积极作用，我们应该公正的从这一角度去估定他的价值。

在那时候，灵菲除了写作之外，还在中华艺术大学担任着课程，教的大约是"文学概论""小说作法"之类。中华艺术大学是在党的领导之下，对知识分子作宣传教育工作的进步学校，他在那里也是为了革命工作。而不仅是简单的教书生活。不过，这学校也正如那时其他公开的左翼文化活动一样，不久也遭了封闭。一九三〇年"左联"（中国左翼作家联盟简称）成立，他在发起时就是组织成员之一。以后，他也曾参与过"文总"（中国左翼文化总同盟简称）的主要工作。

为了党的需要，他也曾暂时离开了文艺活动，而参加了更重要的党内或其他工作，他作过沪西区委的工作，江苏省委宣传部的工作，比较时间长久的，是全国反帝大同盟的工作。这一团体是在一九三一年"九一八"事变前后全国进步力量因愤于帝国主义加紧侵略而组织的，它比较有广泛的群众基础，对于革命运动曾起过不小的作用。灵菲一直在里面担任着主要的领导工作。他通过群众路线，把党的政策实现出来，更把这团体的原有的知识分子的组织基础推广到工人群众中间。他办了不少的工人夜校，他在这些夜校里都是亲自主持，或者亲自上课，因为夜校工作走上轨道，自然会成为工人运动的有力的辅助。

在这一个时期，因为我们工作不同的关系，便很少和他会面了，但偶尔遇见，或者特为约一个时间叙一叙的时候，我总感觉到他是比以前进步了很多。他更加坚实，更加沉着，虽然热情还依然内蓄着，浪漫谛克的锋芒却已经收敛了不少。我问他："还常常写东西不？"他总说："那里有那末多空余的时间。"再问他："还喜欢读李白、杜甫、拜伦、雪莱的诗不？"他笑了，紧接着便转到他的工作上，告诉了我许多工作中的实际情况，或者革命中的一些原则问题，依然还是那末娓娓不倦的，可是从高谈阔论，慷慨激昂，变成了思虑深沉着重剖析了。他从前还只是一个带有革命气质的诗人，而现在是保持了固有朴质的一方面，茁实的更提高了一步。我知道这是由于工作中的锤炼，磨去了旧知识分子从阶极出身中带来的弱点，他是真正的成为一个完整的布尔什维克了。

自从"一·二八"上海战事之后，不久我入了狱，从此再也没有看见他。

关于他就义的事实，是以后从他爱人秦静那里听来的。据说在一九三三年春，党中央把他从上海调到北京，大约担任秘书之类的工作。他为了掩护自己起见，表面上还是以作家身份出现的。当时工作可能不很忙碌，他在工作之馀，又重新开始了一段写作生活——自然主要的还是党的工作——，而且事实上已经着手写长篇小说《童年》。这仅仅写好三章的未完成的作品也终于随着他的不幸而遭到了毁弃。他在北京住了不到半年就被捕了，日期是在七月二十六日，地点是在宣武门外李大钊同志的侄女家里，曾被密禁在皇城根大公王府国民党宪兵第三团。不久，秦静也在火车站被叛徒盯梢逮捕，同押在一处。特务和叛徒曾经对他用尽了各种的威胁和利诱，企图从他身上找到党在北京的组织线索，但他对于一切的回答，只有坚决的拒绝，终于英勇的为革命而牺牲。他就义的日期已不可考；死后，埋尸何处，更无人得知。没有坟墓，没有纪念碑，然而他是和一切的烈士共同的用了血与生命的累积，做了今天光辉灿烂的中华人民共和国的奠基石——坚强而有力的奠基石。他的不朽，是有无形的坟墓，无形的纪念碑，超于形式之外的精神感召力，永远深藏在人民心里的。

关于他死的情形，秦静在羁押时，曾听见一个宪兵向她说过，特务叛徒为了使他生命受到最后的磨折，把他在绞刑架上松松紧紧的绞，他呻吟达一小时之久方始气绝，但至死是不屈不挠的。

写到这里，我联想到尤利乌斯·伏契克的《绞刑架下的报告》。灵菲的死，早于这位英勇的共产主义战士和捷克爱国者十年（伏契克被希特勒匪帮杀死于一九四三年）。伏契克说：

"我爱生活，并且为着它的美而去战斗。……我为欢乐而生，为欢乐而死，在我坟墓上安放悲哀的安琪儿是不公正的。"我相信灵菲是一样的抱着英勇乐观的心情而从容就义的。那末，我也应该用伏契克的另一句话来纪念他："为他而骄傲吧，像为一个为着未来而生活过的伟人而骄傲一样！"

目 次

流　亡

一

约莫是晚上十点钟了，天上没有星，也没有月，只是下着丝丝微雨。是暮春天气，被树林包住着的 T 村（这村离革命发祥地的 C 城不到一里路远），这时正被薄寒和凄静占据着。

在一座纠缠着牵牛藤的斋寺门口，忽然有四条人影在蠕动着。这四条人影，远远地望去，虽然不能够把他们的面容看清楚，但他们蠕动的方向，大概是可以约略看出的。他们从这座斋寺右转，溜过一条靠墙翳树的小道，再左转直走，不久便溜到一座颓老的古屋去。

这古屋因为年纪太老了，它的颜色和着夜色一样幽暗。它的门口有两株大龙眼树蟠据着，繁枝密叶，飒飒作声。这些人影中间，一个状似中年妇人的把锁着的门，轻轻地，不敢弄出声音来地，用钥匙开着。馀的这几条人影都幽幽地塞进这古屋里去。这状类中年妇人的也随着进来，把她同行的另一位状类妇人的手上持着的灯，拿过手来点亮着，放在门侧的一只椅子上。她们幽幽地耳语了一回，这两个状似妇人的，便又踏着足尖走出门外，把门依旧锁着，径自去了。

这时候，屋里留下的只是一对人影；这对人影从凄暗的灯光下，可以把他们一男一女的状貌看出来。那男的是个瘦长身材，广额，隆鼻，目光炯炯有神。又是英伟，又是清瘦，年约二十三四岁的样子。那女的约莫十八九岁，穿着一身女学生制服，剪发，身材俊俏，面部秀润，两颊像玫瑰花色一样，眼媚，唇怯。这时候，两人的态度都是又是战栗，又是高兴的样子。照这古屋里的鬼气阴森和时觉奇臭这方面考察起来，我们不难想象到这个地方原为租给人家安放着棺材之用。屋里的老鼠，实在是太多了，它们这样不顾一切的噪闹着，真有点要把人抬到洞穴里撕食的意思。

供给他们今晚睡觉的，是一只占据这古屋的面积四分之一的大榻——它是这样大，而且旧，而且时发奇臭，被一套由白转黑的蚊帐包住，床板上掩盖着一条红黑色的毛毡。他们各把外衣、外裤脱去，把灯吹熄，各怀抱着一种怕羞而又欢喜的心理，摸摸索索地都在这破榻上睡着了。

但，在这种恐怖的状态中，他们那里睡得成。这时候，最使他们难堪的，便是门外时不时有那猜猜不住的狗吠声。那位女性这时只是僵卧着，像一具冷尸似的不动。那男的，翻来覆去，只是得不到一刻的安息。他机械地吻着她的前额，吻着她的双唇。她只是僵卧着，不敢移动。每当屋外的犬声吠得太厉害，或楼上的鼠声闹得太凶时，他便把他的头埋在她的怀间，把他的身紧紧地靠在她的身上。这时候，可以听见女的幽幽地向着男的说：

"亲爱的哥哥啊！沉静些儿罢！我很骇怕！我合上眼时，便恍惚见着许多军警来拿你！哎哟！我很怕！我想假若你真的……咳！我那时只有一死便完了！"

"不至于的！"那男的幽幽地答。"我想他们决拿不到我！我们神不知，鬼不觉的避到此间，这是谁也不能知道的！"

这男的名沈之菲，K 大学的毕业生，M 党部的重要职员。一次 M 党恰好发生一个极大的变故，当中的旧势力占胜利，对新派施行大屠杀。他是属于新派一流人物，因为平日持论颇激烈，和那些专拍资本家、大劣绅、新军阀的马屁的党员，意气大大不能相合。大概是因为这点儿缘故吧，在这次变故中，他居然被视为危险人物，在必捕之列。

这女的名叫黄曼曼，是他的爱人。她在党立的 W 女校毕业不久，最近和他一同在 M 党部办事。她的性情很是温和柔顺，态度本来很不接近革命，但因为她的爱人是在干着革命的缘故，她便用着对待情人的心理去迎合着革命。

"但愿你不至于——，哎哟！门外似乎有了——脚步声！静，静着，不好做声！"曼曼把嘴放在之菲的耳朵里面说。她的脸，差不多全部都藏匿到被窝里去了。

"没有的！"之菲说。"那里是脚步声，那是三几片落叶的声音呢！"他这时一方面固然免不了有些害怕，一方面却很感到有趣。他觉得在这漆黑之夜，古屋之内，爱人的怀上，很可领略人生的意味。

"亲爱的曼妹啊！我这时很感到有趣，我想做诗！"之菲很自得地说着。

"哎哟！哥哥啊！你真的是把我吓死哩！你听他们说，政府方面很注意你！他们到 K 校捉你两次去呢！……哎哟！我怕！我真怕！"曼曼说，声音颤动得很厉害。

又是一阵狗吠声，他们都屏息着不敢吐气。过了一会，觉得没有什么，才又安心。

老不成眠的之菲，不间断地在翻来覆去。过了约莫两个钟头之后，他突然地抱着僵卧着的曼曼，用手指轻轻地抹着她合上的眼睛，向着她耳边很严肃地说：

"你和我的关系，再用不着向别人宣布，我俩就今晚结婚吧！让这里的臭味，做我们点缀着结婚的各种芬馥的花香；让这藏棺材的古屋，做我们结婚的礼拜堂；让这楼上的鼠声，做我们结婚的神父的祈祷；让这屋外的狗吠声，做我们结婚的来宾的汽车声；让这满城的屠杀，做我们结婚的牲品；让这满城戒严的军警，做我们结婚时用以夸耀子民的卫队吧！这是再好没有的机会了，我们就是今晚结婚吧！"

"结婚！"这两字像电流似地触着装睡的曼曼全身。她周身有一股热气在激动着，再也不僵冷的了。她的心在跳跃着，脉搏异常亢急，两颊异常灼热。这真是出乎她意料之外，一年来她所苦闷着，所不能解决的问题，今晚却由他口中自己道出。

沈之菲在 K 大学的二年级时，他的父母即为他讨了一个素未谋面的老婆。虽说，夫妇间因为知识相差太远，没有多大感情，但形式间却是做了几年夫妇，生了一个女孩儿。在大学毕业这年，大概是因为中了邱比德（恋爱之神）的矢的缘故吧，在不可和人家恋爱的局面下，他却偷偷地和黄曼曼恋爱起来。这曼曼女士，因为认识了他，居然和她的未婚夫解除婚约。她明知之菲是个有妻有子的人，但她不能离开他。她只愿一生和他永远在一块儿，做他的朋友也可以，做他的妹妹也可以，做他的爱人也可以。她不敢想到和他做夫妇，因为这于他的牺牲是太大的了！出她的意料之外的是"结婚"这两个字，更在这个恐怖的夜，由他自己提出。

"结婚！好是很好的，但是你的夫人呢？……"曼曼说，声音非常凄媚。

"她当然是很可怜！但，那有什么办法？我们怕也只有永远地过着流亡的生活，不能回乡去的了！——唉！亲爱的曼妹！我一向很对你不住！我一向很使你受苦！我因为知道干革命的事业，危险在所不免；所以一年来不敢和你谈及婚姻这个问题。谁知这时候，我的危险简直像大海里的一只待沉的破舟一样，你依旧恋着我不忍离去！你这样的爱我，实在是令我感激不尽！我敢向你宣誓，我以后的生命，都是你的！我再也不敢负你了！曼妹！亲爱的曼妹，这是再好没有的机会了，我们便今晚结婚吧！"之菲说，眼间湿着清泪。

她和他紧紧地抱着，眼泪对流地泣了一会，便答应着他的要求了。

二

沈之菲本来是住在 K 大学，黄曼曼本来是住在 W 女校的。一半是因为两人间的情热，一半是为着避去人家的暗算，他们在两个月以前便秘密地一同搬到这离 C 城不到一里路远的 T 村来住着。他们住的地方，是在一个斋寺的后座。斋寺内有许多斋姨，都和他们很爱好。斋寺内的住持是个年纪五十馀岁，肥胖的，好笑的，好性情的婆婆。人们统称呼她做"姑太"。姑太以下的许多姑（她们由大姑、二姑、三姑排列下去）中，最和他们接近的便是大姑和十一姑。

大姑姓岑，是一个活泼的，聪慧的，美丽的女人。她的年纪不过廿六七岁，瓜子脸，弯弯的双眉，秀媚的双目，嫩腻腻的薄脸皮；态度恬静而婀娜。这半月来，姑太恰好到 H 港探亲去，斋寺内的一切庶政，全权地交落在她手里。她指挥一切，谈笑自若，大有六辔在握，一尘不惊之意。十一姑是个粗人，年纪约莫三十馀岁的样子，颊骨很开展，额角太小，皮色焦黑，但态度却很率真、诚恳和乐天。这次党变，之菲和曼曼得到她俩的帮助最多。

党变前几日，之菲害着一场热症。这日，他的病刚好，正约曼曼同到党部办公去。门外忽然来了一阵急剧的叩门声。他下意识地叫着婆妈三婶开门。他部里的一个同事慌忙地走进来，即时把门关住，望着之菲，战栗地说：

"哎哟！老沈，不得了啊！……"

"什么事?"之菲问，他也为他的同事所吓呆了。

"哎哟! 想不到来得这么厉害!"他的同事答。"昨夜夜深时，军警开始捕人! 听说 K 大学给他们拿去两百多人。全市的男女学生，给他们拿去千多人! 各工会，各社团给他们拿去三千多人! 我这时候走来这里，路上还见许多军警，手上扎着白布，荷枪实弹，如临大敌似地在叱问着过往的路人。我缓一步险些给他们拿去呢! 吓! 吓!"

这来客的名字叫铁琼海，和沈之菲同在党部办事不久，感情还算不错。他是个大脸膛，大躯体，热心而多疑，激烈而不知进退的青年。

过了一会，又是一阵打门声。开门后，两个女学生装束的逃难者走进来，遂又把门关上。这两个女性都是之菲的同乡，年纪都很轻。一个高身材，举动活泼的名叫林秋英：另一个身材稍矮，举动风骚的名叫杜蘅芬。她俩都在 W 女校肄业。林秋英憨跳着，望着沈之菲只是笑。杜蘅芬把她的两手交叉地放在她自己的胸部上，娇滴滴地说：

"哎哟! 吓煞我! 刚才我们走来找你时，路上碰到一个坏蛋军人，把我们追了一会，吓得我啊——哎哟! 我的心这时候还跳得七上八落呢! 吓! 吓! ……"

"呵! 呵! 这么厉害!"沈之菲安慰着她似地说。

"倒要提防他捉你去做他的——嘻! 嘻!"曼曼戏谑着说。这时她挽着杜蘅芬的手朝着林秋英打着笑脸。

"讨厌极!"杜蘅芬更娇媚地说。她望着之菲，用一种复仇而又献媚的态度说："菲哥! 你为什么不教训你的曼夫人呢！——吓！吓！你们是主人，偏来奚落我们作客的！"

"不要说这些闲话了，有什么消息，请报告吧。"之菲严正地说。

"哎哟！消息么，多得很呢！林可君给他们拿去了！陈铁生给他们拿去了！熊双木给他们拿去了！我们的革命××会，给他们封闭了！还有呢，他们到 K 大学捉你两次去呢！第一次捉你不到，第二次又是捉你不到，他们发恼了，便把一个平常并不活动的陈铁生凑数拿去！我们住的那个地方，他们很注意，现在已经不能再住下去了！许多重要的宣传品和研究革命理论的书籍，都给我们放火烧掉了！糟糕！我们现在不敢回到寓所去呢！………唉！菲哥！怎么办呢？怎么办呢？"

之菲着实地和她们讨论了一回，最后劝她们先避到亲戚家里去，俟有机会时，再想方法逃出 C 城。她们再坐了一会，匆匆地走出去了。

过了一刻，来了新嘉坡惨案代表团回国的 D 君、L 君、H 君、P 君。他们又报告了许多不好的消息。坐了一会，他们走了。再过一忽，又来着他部里的同事章心、陈若真。K 大学的学生陈梅、李云光。

这时候，大姑已知道这里头是什么意义了。她暗地里约着之菲和曼曼到僻静的佛堂里谈话。这是下午两点钟的时候了，太阳光从窗隙射进佛殿上，在泥塑涂着金油的佛像上倒映出黄亮亮的光来，照在他们各人的脸上。大姑很虔静而恳切地向着他们说：

"你的而今唔好出街咯！街上係咁危险！头先我出街个阵

时，睇见一个车子佬俾佢的打死咯！——真衰咯！我的嗰个阿妹听话又系俾佢的拉左去！而家唔知去左边咯！（你们现在不能上街了！街上是这样危险！刚才我上街的时候，看到一个拉车夫给他们打死了！——运气很坏！我自家的妹妹听说又是给他们拉去！．现在不知去向！）……”她说到这里，停了一息，面上表示着一种忧忿的神气。

“咁咩（这样）？”之菲说，脸上溢着微笑。“我想佢系女仔嘅，怕唔系几紧要呱。至多俾佢的惊一惊，唔使几耐怕会放出来咯！至衰系我的咯，而今唔知点好？（我想她是女子，或者不至于怎么要紧的。最厉害不过给他们吓一阵，不久大概是可以释放出来咯！最糟糕的是我们，现在不知道怎样才好？）……”

“我想咁（我想这样），”大姑说，她的左手放在她的胸前，右手放在她的膝部，低着头微微地笑着，“你的而今唔好叫你的朋友来呢处坐，慌住人家会知道你的系呢处住。至好你的要辞左嗰个婆妈，同佢话，你的而今即刻要返屋企咯。你的门口嗰个门呢，我同你的锁住。你的出入，可以由我的个边嘅。（你们现在不要叫你们的朋友来这里坐，恐怕给人家知道你们在这里住着。最好你们要辞去那个仆妇，对她说，你们现在即刻便要回家咯。你们门口那个门呢，我给你们锁住。你们可以从我们那边进出的。）”

“唔知嗰个婆妈肯唔肯去呢（不知道那仆妇肯去吗）？”之菲说。

“点解会唔肯呢？一定要佢去，佢唔去，想点呢？（为什么会不肯去呢？一定要她去，她不去，想什么呢？）”大姑很肯定地答。

"……"

"……"

彼此沉默了一会，之菲忽然又想起另外一个问题来，向着大姑问着：

"唔知左近有地方番交无？我想今晚去第二处番交重好！呢度怕唔係几稳陈咯！（不知附近有地方睡觉吗？我想今晚顶好换一处地方睡觉！这里怕不稳当了！）"

"有係有嘅，不过嗰个地方太邋遢，唔知你中意唔中意啫？（有是有的，不过那个地方太脏，不知你合意不合意哩？）"大姑答，她笑出声来了。

"无所谓嘅，而今揾到地方就得咯，重使好个咩。（不要紧的，现在找到地方便可以，不用什么好的了。）……"之菲说，表示着一种感激的样子。

"我的今晚等到人家完全番交咗，自带你的去。好唔好呢？（我们今晚等到人家都睡觉了，来带你们去。好不好呢？）"大姑低声的说。

"好！多谢你的咁好心！我的真係唔知点谢感你的好啰？（好！多谢你们这样好心！我们真是不知怎样感谢你们好！）……"之菲说，他这时感到十二分满足，他想起戏台上的"书生落难遇救"的角色起来了。……

他和曼曼终于一一地依照着大姑的计划做去。仆妇也被辞去了，门也锁起来了，朋友也大半回去，并且不再来了。那晚在他那儿睡觉的，只馀着铁琼海、章心和才从新嘉坡回国的

P。他和曼曼到晚上十时以后，便被十一姑和大姑带到那藏棺的古屋里睡觉去。

三

一个炎光照耀着的中午，T村村前的景物都躺在一种沉默的，固定的，连一片风都没有的静境中。高高的晴空，阔阔的田野，森森的树林，远远的官道，都是淡而有味的。在这样寂静的地方，真是连三两个落叶的声音都可以听得出呢。这时，忽然起了一阵车轮辗地的声音，四架手车便在这官道上出现。第一架坐着一个年纪约莫二十六七岁的妇人，挽着髻，穿着普通的中年妇人的常服，手上提着一个盛满着"大钱王宝"和香烛的篮，像是预备着到庙里拜菩萨去似的。第二架坐着一个年纪约莫三十馀岁的妇人，佣妇一般的打扮，手上扶着一包棉被和一些杂物，态度很是坦白和易，像表示着她一生永远未尝思虑过的样子。第三架是个女学生模样的女性，年纪还轻。她的两颊如朝霞一般，唇似褪了色的玫瑰花瓣，身材很配称。服装虽不大讲究，但风貌楚楚，是个美人的样子。她的态度很像耽惊害怕，双眉只是结着。第四架是个高身材，面孔瘦削苍白，满着沉忧郁闷的气象的青年。他虽是竭力地在做弄着笑，但那种不自然的笑愈加表示出他的悲哀。他有时摇着头，打开嗓子，似乎要唱歌的样子，但终于唱不出什么声音来。他把帽戴得太低了，几乎把他的面部遮去一大截。他穿的是一件毛蓝布长衫，这使他在原有的年龄上添加一半年岁似的颓老。他的头有时四方探望，有时笔直，不敢左右视。有许多时候，他相信树林后确有埋伏着在等候捕获他的军队，他的脸色变得更加苍白了。

这四架车上的坐客不是别人，第一位便是岑大姑，第二位便是十一姑，第三位便是黄曼曼，第四位便是沈之菲。他们这时都坐着由 T 村走向相距七八里路远的 S 村去。这次的行动，也是全由大姑计划出来的。这几天因为风声愈紧，被拿去的日多，有的给他们用严刑秘密处死，有的当场给他们格杀，全城已入于一个大恐怖的局面中。听说，他们在街上捉人的方法，真是愈出愈奇。他们把这班所谓犯人的头面用黑布包起来，一个个的用粗绳缚着。像把美洲人贩卖黑奴的故事，再演一回。这班被捕的囚徒真勇敢，听说一路上，《国民革命歌》《世界革命歌》，还从他们嘶了的喉头不间断地裂出。

大姑恐怕沈之菲和黄曼曼会因此发生危险，这日她又暗地里向着他俩说：

"呢几日的声气，听话又系唔好。佢的呢班老爷周围去捉人嘅啫。我的呢度近过头，怕有的咁多唔稳陈咯。我想咁，如果你的愿意，我可以孖十一姑同你的去一个乡下去。我的有一个熟人喺个度，佢呢，自然会好好的招呼你的嘅。（这几日的消息，听说又是不好。他们这班老爷四处去拿人哩。我们这里离城太近，恐怕有许多不稳当了。我想这样，你们如若愿意，我可以和十一姑带你们到一个乡下去。我们有一个相熟的人在那儿，他自然会把你们好好地招待着啊。）……"

　　"咁（这样），自然好极啰！我想孖（和）曼妹即刻就去！"之菲答。这时，他正立在斋寺内的一个光线照不到的后房门口，两手抚摸着曼曼的肩。

　　"昨日我已经叫十一姑去孖佢讲，叫佢预备一间房俾你的。佢的已经答应咯。咁，我而今想攞住香烛、王宝，扮成去拜菩萨咁嗰样！十一姑孖你的攞住棉被枕头等等野。你呢，要扮成一个生意佬，好似到乡下探亲咁嗰样。（昨日我已经叫十一姑去和他们说，叫他预备一间房给你们。他们已经答应咯。这样，我现在想拿着香烛、王宝，扮成像去拜菩萨的样子！十一姑和你们拿着棉被枕头等等东西。你呢，要扮成一个商人，好像到乡下探亲的样子。）曼姑娘呢，——唏！唏！"她失声的笑了，在寂静的斋寺里，这个笑声消歇后还像一缕轻烟似地在回旋着。她露出两行榴齿，现出两个梨涡，完全表示出一种惊人之美。"曼姑娘呢，沈先生，你要话佢系你嗰夫人自得曙（你要说他是你的夫人才行呀）！"大姑继续地说，她的态度又是庄严，又是戏谑，又是动情，又是冷静。

　　曼曼的脸上红了一阵，走过去捻着她的手腕说一声：

　　"啐！真抵死咯（真该死咯）！"

　　"嘻！嘻！……"大姑望着她继续笑了一阵，便再说下去。"由呢度去东门，搭马车一道去嗰个乡下。本来呢，系几方便嘅。不过，我怕你的俾人睇见唔多好。不如咁，我的自己叫四架车仔由我的门口弯第二条路，一直拉到嗰处去重好！你话系唔系呢？（从这里到东门，乘马车直到那个乡下，本来呢，是很方便的。不过，我怕你们给人看见不大好。不如这样，我们自己叫四架手车，从我们门口走另外一条路，一直拉到那处去！你说是不是呢?)"

"係嘅！咁，我的而今就去咯！（是的！这样，我们现在就去咯!)"之菲答。

经过这场谈话后，各人收拾了一回，便由十一姑雇来四架手车载向 S 村而去。这 S 村是白云山麓的一个小村。村的周围，有郁拔的崇山，茂密的森林，丰富的草原，清冷的流泉，莹洁的沙石。村里近着官道旁有一座前后厅对峙的中户人家的住屋，屋前门首贴着两条写着"国恩家庆"，"人寿年丰"字样的春联的，便是他们这次来访的居停的住家了。

居停是个年纪约莫四十馀岁的男人，手上不间断地持着一杆旱烟筒，不间断地在猛吸着红烟。他的身材很高大，神态好像一只山鸡一般。眼光炯炯，老是注视着他的旱烟筒。他是一个农人，兼替人家看守山地的。大姑所以认识他，也是因为她们斋寺里管辖着的一片山地是交落给他守管的缘故。这时，他像一位门神似的，拿着旱烟筒，站在门边。他远远地望见大姑诸人走近，便用着他的阔大的声音喊问着：

"呵！呵！你的家下自嚟（你们现在才来）！好，好，请里边坐！……"

大姑迈步走上前向着居停含笑介绍着他俩说：

"我特地带佢的两位来呢示住几日。佢的两位呢，係我嘅朋友。呢位係沈先生。嗰位係黄姑娘。（我特地带他们两位来这里住几天。他们两位呢，是我的朋友。这位是沈先生，那位是黄姑娘。）……"她望着之菲和曼曼很自然地一笑，便又继续着说：

"呢位係谷禄兄，你的喺呢处唔使客气，好似自家人一样自得嘞。（这位是谷禄兄，你们在这里不用客套，好像自家人一样才行呀。"

"係咯！真係唔使客气咯！（是咯！真是不用客套咯！）"谷禄兄说，手上抱着旱烟筒，很朴实，很诚恳地表示欢迎。

刚踏入门口，女居停打着笑脸迎上来。她是个粗陋的，紫黑色的，门牙突出的，强壮的，声音宏大的四十馀岁妇人。她很羞涩的，不懂礼貌的，哼了几句便自去了。

之菲和曼曼、大姑、十一姑都被请到前厅东首的前厨里面坐谈。谷禄兄依旧在吸着烟，和他们扯东说西。他的五六个男孩子和一个十一二岁的童养媳，也都蜂集到这房里来看客人。谷禄兄像是个好性情的人，那些孩子们时常钻到他的怀里去，他都不动气。

大姑和十一姑坐了一会便辞去了。他们说，可以时时来这里探望之菲和曼曼。

大姑和十一姑去后，谷禄兄父子夫妇忙乱了两个钟头，才把西首的那间本来堵藏着许多蒜头和柴头的前房搬清。当中安置一个小榻给这对避难者居住。一群俏皮的小孩子走来围着他们看，十几只小眼睛里充满着惊奇的，神秘的，不能解说的明净之光。正和一群苍蝇恋着失了味的食物一样，赶开去，一会儿又是齐集。

后来，为避去这群小孩子的纠缠，之菲和曼曼合力地把他们逐出室外，把门关着。但，这群喜欢开玩笑的小朋友，仍然舍不得离去，他们把长凳抬到门口的小窗下，轮流地站高着去偷窥室内，频频地作着小鬼脸。这对来宾是来得太奇怪，尤其是剪发的女人特别惹起村童们惊奇的注意。

"嗰等野系男仔系女仔呢？话佢系女仔，但又剪左头发；话佢系男仔，佢嗰样又鬼咁似女仔？（那家伙到底是男子还是女子呢？说她是女子，她不该把头发剪去；说他是男子，他又是这样的像女子的模样？）……"这群小孩子喊喊喳喳在私议着。

"在这里住下去一定很危险！……"之菲说，他的眼睛直视着，心情很是焦急，烦闷，不快。他觉得全身都乏力了，在他面前闪跃着的只是一团团阴影。一刹那间，他为革命的失败，家庭的长时间隔绝，前途的满着许多暗礁种种不快的念头所苦恼着。引起他不快的导火线的是他面前的这些在扮着小鬼脸的孩儿们。他觉得这班小家伙真可恶，他的憎恶的原因，大半是因为这班孩儿们的无知的举动，会增加他们藏匿生活的不安和危险。"这真糟糕！给这班小孩子一传出去，全村便人人知道了。真糟糕！这班小鬼子！坏东西！很可恶！……"他恨恨地说，索性把窗门都关住了，颓然地倒在曼曼身旁。

"是的，"曼曼很温柔地说。"这群小孩子真是讨厌！没有方法把他们惩戒，真是给他们气坏的了！"

在一种苦闷的，难以忍耐的，透不过气来的状态中，他们厮守着一个整个的下午。机械地接吻，拥抱，睡眠——睡眠，拥抱，接吻。他们的精神都是颓丧，疲倦，和久病后卧在黑暗无光的病室里，又是不健康，又是伤感的境况一样。

晚饭后，他们一齐到村外去散步。满耳的鸟声，阴森的林木，倦飞的暮云，苍翠的春山，把山村整个地点缀得像童话里的仙境一样。他们歌唱着，舞蹈着，在一种迷离、飘忽、清瑟、微妙的不可言说的大自然的美中陶醉。

"久在樊笼里，复得返自然！"沈之菲在一条两旁夹着大树，鸟声啁啾的官道上忘形地这样喊出来，嗤的一声笑了。他望着散着短发，笑微微在舞着的曼曼，好像一位森林的女神一样，又是美丽，又是恬静，益使他心头觉得甜甜地只是打算着做诗。

他们散步归来，天上忽然下着一阵骤雨。一望葱茏的树林，高的楼阁，起伏的岗岭，都在它们原有的美上套上一层薄纱。卧室里，灯光下，他们彼此调情地又是接了一个长久的吻，拥抱着一个长时间的拥抱。一会儿，觉得倦了，便又熄灯睡下。

一个凄楚的，愤激的念头，像夜色一样幽静的，前来袭击着之菲。他这时的神经又是兴奋，又是疲倦，他觉得欲哭而又哭不出来，欲把自己经过的失败史演绎一番，以求得到一种甜蜜的痛苦，但他的头脑又好像灌铅般似的，再也不能思索下去。昏沉了一会，朦胧间像是睡去的样子。他忽而下意识地幽手幽脚地走下床来。在裤袋里摸出一把硬挺挺的手枪拿在手上，轻轻地从小窗口跳出。他走得很快，一丛丛的树林不停地向后面溜过，不消半个钟头，他便发见自己已在满街灯火的C城里面了。

满街的军警还在不间断地捕人。他不顾一切，挺身走过去。

"停步，那里去！"一个站在十字街口的壮大多力的军人叱着他说，声音大如牛鸣。

"我要去我自己想去的地方！干你什么鸟！你真可恶！你的鸟名字叫什么？"他大声地回答，眼睛里几乎迸出火来。

"那里来的野种？你不知现在是戒严的时候么？你再敢放肆，我便给你一枪！"军士如牛喘一般地说，他把他的枪对准之菲的胸口。

之菲急的一闪身，拔出手枪给他一轰，他便倒在地面，作着他最后的挣扎了。

"戒严！戒你妈的严！我偏要给你们解严呢！"他一面说着，一面前进。

这时候，街上的军警一齐走向这枪声起处的地点来。一个满着血的死尸刺着他们的眼帘，他们即刻分头追赶着那在逃的凶手。这时候，之菲已走到三千馀人的监禁所××院门前了。××院门前有几个如虎似狼的军士堵守着。他再也不向他们讲话了，一枪一个，用不到几角银的子弹费，几个大汉都倒在地上浴着血不起了。

"囚徒们！囚徒们！逃走吧！逃走吧！到你们理想之乡去吧！"之菲走入监狱里，向着他们高声地说。但见呐喊连声，十几分钟间，他们便都走尽。

"好！痛快！痛快已极！"他站在十字街口，露着牙齿狞笑着说，他这时充满着一种胜利的愉快。

"轰！轰！轰！……"这时在他周围的尽是枪声。不一会，一排一排的步枪都向着他围逼着。

"叛徒！奸党！大盗！……"他们口里不停地在叫骂着。

他从街上一跳，身体很轻的飞到露台上去。他挺着胸脯立着，向他们壮烈地演讲着。（他们都不敢近他，惟远远地用枪轰击他。）

"懦夫！懦夫！你们这班卑鄙怯懦的奴隶！你们都是没有'脑'没有'心'没有'灵魂'的残废的动物！你们只会做人家的走狗！拍人家的马屁，杀自家的兄弟！你们永远是被欺骗者！你们永远是蠢猪！什么是党！现在的党，只在大肚商人的银袋里，在土豪劣绅的'树的'（手杖）下；在贪官污吏的官印中。你们这班蠢猪！不要脸的奴才！在忙着什么！回去吧，你们也许有父母，也许有老婆，也许有儿子，他们都在靠着你们这班蠢猪养活！你们要是作战而死，大肚的商人，狠心的土豪、劣绅、狡诈的贪官、污吏，会给你们什么利益呢？唉！唉！你们这班蠢猪！蠢猪！蠢猪！"

正在他演说得最壮烈时，十几粒子弹齐向他的头、胸、腰、腹各要害穿过，他"呀"的一声叱嚷，便觉得软软地倒下去。

"菲哥！菲哥！"曼曼说："你在做着恶梦么？你刚才吓死人哩！你为什么这样大声的嚷！啊！啊！你受惊么？不要害怕！不要害怕！这时候你已离去险地很远，正在我的怀里睡着呢！"

"呀"的一声，之菲也清醒了起来。他摸着他那受枪击的各要害，觉得没有什么，便把头靠着曼曼的心窝，冷然地一笑。

四

由 C 城往 H 港的××轮船上，华丽舒适的西餐房中，坐着两个少年，一个少女。这时船尚末启锚，他们的神色都似乎很是恐慌的样子。

一阵急剧的打门声，间着一阵借问的谈话声。

"是的，我见他们走进去，他们一定是在里而无疑！"门外的声音说着，又是一阵打门声。在房里面的他们的面色吓得变成青白，暗地里说：

"不好了！他们为什么这么快便追到来！这番可没命了！"

三人中，一个戴蓝色眼镜的青年，只得迎上前去把门推开一线，在门口伸出头来叱问：

"揾边个？嘈得咁厉害！（找那个？嘈得这样厉害！）"

"有一个姓沈的朋友喺呢度无？我好似见佢入来咁？（这里有没有一个姓沈的朋友？我好像见他进来的？）"一个穿着中山装的少年跟在茶房后面来的，答着。

"见鬼咩？呢度边处有一个姓沈嘅，话你听！你咁乱嘈人哋，唔得嘅！（见鬼吗？这里那里有一个姓沈的！告诉你：你这样随便嘈闹别人，不可以的！）"戴蓝色眼镜的青年忿然地说，把门用力地关了。

"第二次咁搅法唔得嘅！唔睇得定就唔好乱来失礼人！（下

次不可以这样搞法！没有看清楚就不好随便来得罪人！）"那个茶厨向着穿中山装的少年发牢骚的声音。

这时，那戴蓝色眼镜的青年向着坐着的那对青年男女幽幽地说：

"危险呀！总算把他们打退一阵！"

"恐怕他第二次再来，那可就没有办法了！"坐着的青年说。

"大概不会的，船也快开了！"戴蓝色眼镜的青年，带着安慰的口吻说。

这时在门口的那个穿着中山装的青年，踱来踱去不断地自语着：

"到底他到那里去了呢？分明是见他走进来的！"

这回在坐着的那青年，细心听清了他的口舌，似乎很熟，他便偷偷地从门口的百叶窗窥出，原来在门口踱着的那人正是他的同事林谷菊君。他心中不觉好笑起来了。

他随即开了门，向着林谷菊君打了一躬，林谷菊便含笑地走进来，把门即刻关上。

"之菲哥，刚才为什么不见你呢？"林谷菊问，态度很是愉快。

"哎哟！谷菊哥！我们刚才给你惊坏了！我们以为你是一个侦探啊！"之菲答。即时指着那戴蓝色眼镜的青年说："这位是新从新嘉坡回国的 P 君。"

"啊！啊！"谷菊君说，握着 P 君的手。"你便是 P 君，上次我在群众大会中见你演说一次，你的演说真是漂亮啊！"

"你便是谷菊君，和之菲君一处办事的么？失敬！失敬！刚才真是对不住啊！"P君答着很自然地一笑。

这时船已开行，他们都认为危险时期已过，彼此都觉得如释重负，很是快乐。他们的谈话，因为有机器的轧轧的声音相和，不怕人家偷听，也分外谈得起劲了。

"之菲哥！想不到在此地和你相逢！你这几日来的情形怎么样？请你报告我罢。"谷菊问。

"这几日么？"之菲反问着。他这时正倚在曼曼身上，全身都觉得轻快。"从 T 村到 S 村，你是知道的。在那里，我们觉得村人大惊小怪，倘若风传出去，到底有多少不便，所以我们便决计回到斋寺里去。前两三天本来打算到 H 港来，听说戒备很严。上 H 港时，盘问尤为厉害，所以不敢轻于尝试。这两夜来，我还勉强可以睡得，曼妹简直彻夜不眠。我想，这样继续下去，有点不妙。便吩咐一个忠实的同乡出来打探情形。路上、码头和船上的查问和戒备的程度怎样，他都有了很详细的报告。经过他的报告后，我们便决意即刻逃走。恰好遇着一阵急雨，（这阵雨，真是下得好！）我们坐在黄包车中，周围统把帆布包住着。这样，我们便从敌人的腹心平安地走到码头来。哎哟，在黄包车中，我真怕，倘若他们走来查问时，我可即刻没命了！但，他们终于没有来打扰我！下船后，恐怕坐统舱，人多眼众，有些不便。所以和 P 君一同充阔气的来坐这生平未尝坐过的西餐房。恰好又是给你这位准侦探吓了一跳！哈！哈！"

林谷菊，是个年约二十二三岁的少年。他虽是广东人，但

因为住居上海多年，故而面皮白净，看去恍惚江南人一样。他
不幸满面麻子，要不然，他定可称为头一等的美男子呢。他说
话时态度很活泼，口音很正。对于恋爱这个问题，他现出十分
关心的样子，虽然女子喜欢麻脸的甚少，但他并不因此而失去
他的勇气。他的战略，是一切可以接近的女性，都一体地加以
剧烈的进攻。

　　P君是个很漂亮的少年，他的年龄和林谷菊差不多。他的
行动确有点轻佻；据他自己说，他对于女性的艳福，确是不
浅。他的身材是太高和太瘦，所以行路时总有点像临风的舞鹤
一样。

　　"我们现在别的说话都不要说，大家谈谈恋爱问题好吧。
这问题谈起来又开心，又没有多大危险，你们赞成吗?"林谷
菊击着舱位说。

　　"好的，好的，我很赞成。我提议先请之菲君和曼曼女士
把他们的恋爱史说出来给我们听听。"P君动容的答，他两手
插在衣袋里不断地踱来踱去。

　　"呀! 呀! 太不成! 太不成!"曼曼女士羞红着脸，抗
议着。

　　"报告我们恋爱的经过，这很容易。但，谷菊君要把他怎
样进攻女性，P君要把他怎样享受过艳福先行报告，才对!"
之菲很老成似地说着。

　　"对于女性怎样进攻么? 好! 我便先报告也未尝不可以。
但在未报告之前，我们先须要承认：（一）凡女性总是好的；
（二）凡女性纵有些不好，亦特别地可以原谅的。由这两种信

念，我们对一般的女性便都会发生一种特别的好感。由这种特别的好感，便会发生一种浓烈的爱情出来。我们对任何式样的女子都要应用这种浓烈的爱情，发狂地，拼命地去进攻她。我们要令被进攻的女性发生爱或发生憎。我们不能令她们对这种进攻者漠不关心。"谷菊拉长声音演说着，他有点不知人间何世的神态。

"那么，你现在有几个爱人呢？哈！哈！"P君问。他有点怀疑，因为他对着这演讲家的麻脸，有几分不能信仰。

"爱人么？这可糟糕了！我一向不懂得这个战术。最近学到这个战术时，偏又天不做美，遇着这场亘古未有的横祸，把几个和我要好的女人都赶跑了。赶跑了！天哪！天哪！"谷菊君旁若无人地说着，他这时似乎有点伤感的样子。

"P君，现在该是你报告你的艳史的时候了。"谷菊君揉着眼睛说。

P君脸色一沉，自语似地说：

"咳！我的艳遇么？不算是什么艳遇，倒可说是一场悲剧！大约是一九二二年的夏天吧，那时我才在 C 城 N 中学肄业，同校的一个美貌的女子便和我恋上了。那时候，我们时常到荔枝湾去弄舟。荔枝湾的风景你们是知道的。在那柳丝嫩绿，荔子嫣红，翠袖浓妆，花香衣影的荔枝湾上，我们镇日摇舟软语，好像叶底鸳鸯。咳！什么拥抱，接吻，我们不尝做过！然而我们的热烈相爱，只能得到旁观者的妒忌，不能得到双方父母的同情。我因此奔走南洋，久不归国。这次星洲发生惨案，不幸我更被人家举做回国代表！唉！这一回国，便给我的父母

捉去结婚。哎哟，天哪！恰好结婚这一夜，我偏在街上遇着
她！她像知道我的消息似的，只把我瞪了一眼，恨恨地便自去
了！咳！真糟糕！那时，我心上觉得像受了一刀，觉得什么事
都完了似的。唉！……"P君说完后，脸色有点青白，他的眼
睛向着上面呆呆钉住，好像在凝视着他郡永远不能再见的情人
一样。

　　"你们的恋爱史怎样讲呢？"谷菊望着之菲和曼曼这样
问着。

　　"我们还未尝恋爱，那里便有史呢？"之菲抵赖地答。

　　"呀！呀！太不成！太不成！"曼曼脸儿羞红，依旧提出
抗议。

　　一路有说有笑，时间溜过很快。不一会便听见许多人在舱
面喧嚷着："快到了！""H港快到了！"在漆黑的夜色中，H
港珠光照耀着，好像浮在水面的一顶皇冠一样。从它的表面上
看起来，我们即时可以断定它是骄傲的，炫耀的，迷醉的，鸩
毒的一个地方。同时，我们只须沉默一下，便会觉得鼻头一
酸，攒到心头的是这么多痛心的材料啊！我们似乎可以看见山
灵在震怒，海水在哀呼——中国呀！奴隶的民族！不长进的民
族！——一种沉默的声音，似乎隐隐间由海浪上传出。

　　"啊！啊！现在又要受人家检查！又要像猪狗一样的给人
家糟塌！啊！啊！做人难！做不长进的中国人尤难！做不长进
的中国的流亡人尤难之尤难！"之菲想了一会，觉得能够跳下
大海去较为爽快。但，这倒不是一件轻易做得到的事，他结果
只得忍耐着。

船终于到岸了，码头上的检查幸不厉害。给他们——那些查员，在身上摸索了一会，没有露出什么破绽来的之菲、曼曼、谷菊、P君，便逃也似地投向那阔气的东亚旅馆去。

五

一间华丽的大旅馆房间，电灯洒着如银的强光，壁间一碧深深的玻璃回映着。帐纹莹洁如雪，绣被别样嫣红。大约是深夜一时了，才从轮船上岸的之菲和曼曼便都被旅馆里的伙计带到这房里来。

"好唔好呢，呢间房（这间房子好不好呢）？"广东口音的伙计问。他对着这对年轻的男女，不自觉地现出一段羡慕的神态来。

"好嘅，喺度得咯。你而今即刻要同我的搬左行李起来㗎！（好的，在这里便可以了。你现在即刻要把我们的行李搬起来啊！）"之菲答。他倚着曼曼，在有弹性的睡榻上坐下。

"得啰！得啰！（好的！好的！）"伙计翘起鼻孔，闪着眼，连声说好的出去了。

过了一忽，伙计把他们的行李搬上来。另外一个伙计拿上一本簿条给他们填来历。之菲持着紧系在簿条上的铅笔，红着脸地填着：

林守素，广东人，今年二十四岁，从C城来。

妻黄莺，广东人，今年十九岁，同上。

曼曼女士脸红了一阵，瞟着之菲一眼，又是含羞，又是快意。那伙计机械地袖着簿子走到别处去了。

这时，住在三楼的P君和谷菊都到他们的房里来坐谈（之菲和曼曼住在四楼）。

"你的真係激死人啰！咁，两公婆喺处番交，又软，又暖，又爽，又过瘾！唉！真係激死我的咯！（你们真是令人羡煞咯！这样，两夫妻在一块儿睡觉，多么温柔，暖和，爽快和陶醉！唉！真是令我们羡煞咯!)"P君用着C城的方言戏谑着之菲和曼曼。

"你的唔係又係两公婆番交咩？你孖谷菊兄今夜成亲起来唔得咩？（你们不是也是两夫妻一块儿睡觉吗？你和谷菊兄今晚成亲起来不可以吗?)"之菲指着他俩笑着说。

"你的真係得意咯！咁，点怕走路呢！哪！你的平日番交边处有咁好嘅地方。今夜真係阔起上来咯！（你们真是快乐啊！像这样，为什么怕流亡呢！哪！你们平时睡觉的地方那里有这么漂亮。今晚真是阔气起来咯!)"谷菊也用着C城的方言戏谑着。他的麻脸上满着妒羡的表情。

"你的咁，真係讨厌咯！成日揾我的来讲，话哂嗰啲唔好听嘅嘢！真衰咯！我同佢不过系一个朋友啫，点解又话爱人！又话两公婆！真係激死人咯！（你们这样，真是讨厌咯！整天拿我们来做话柄！把那些听不入耳的话都说出来！真是坏蛋东西咯！我和他不过是一个朋友，为什么说他是我的爱人，又说我们是两夫妻，真是令人气闷得很咯!)"曼曼也用着讲不正的C城口音和人家辩驳。

"点解你的唔係两公婆会向一处番交呢？（为什么你们不是两夫妇会在一处睡觉呢?)" P君老不客气地驳问着。

"呢个床铺有咁阔，我的番交嗰阵时离开地番唔得咩？（这只睡榻有这么阔，我们睡的时候离开一点，不是可以吗?)"之菲答，他开始觉得有点太滑稽了。

乱七八糟的谈了一会，吃了饭，洗了身，写了信，大约已是深夜两点多钟了。谷菊和P君都回三楼睡觉去，这时房里只剩下之菲和曼曼二人。

"点解你咁怕丑呢（为什么你这么怕羞呢)?"之菲再用C城话问，把她紧紧地搂抱着。

"衰咯！而今俾佢的知道我的喺一处番交咯！我觉得好唔好意思。头先唔知揾一间有两个床铺嘅房重好！（糟糕啊！现在给他们知道我们一块儿睡觉了！我觉得真是不好意思。刚才不知道找一间有两个睡榻的房间还好些!)"曼曼答，很无气力地睡在之菲的臂上。

"重使客气咩？你咕佢的唔知道我的已经喺一处番交好耐咩？而今夜咯，乖乖地番交啰！（还要客气做什么呢？你以为他们不知道我们已经一块儿睡觉很久吗？现在夜深了，好好儿睡觉吧!)"之菲说。

"我今晚唔番交咯，坐到天光！（今夜我偏不睡觉，坐到天亮!)"曼曼说。

"真係撒娇啰！你揾到佢的，唔通连埋我都揾得到咩？你唔番交，我捉住你来番！睇你想点呢？（真是撒娇了！你可以骗得他们，难道连我都骗起来吗？你不睡觉，我偏要拿你来睡觉！看你有什么办法？）"之菲说，他用手指弹着她的颊。

"无咁野蛮嘅，得唔得要由我想过。（没有这样野蛮的，睡觉不睡觉应该由我打算。）"曼曼答，她推开他的手有点嗔意。

"得嘅咘！得嘅咘！（可以的了！可以的了！）"之菲说。双眼望着她，尽调着情。

"我唔番（我不睡觉）！"曼曼很坚决地说。

"由得你！你唔番也好，我自己番重爽！（随你的便吧！你不睡觉也可以，我自己一个人睡觉更快活！）"他赌气地说，放下帐帷自己睡下去了。

过了一会，她坐在帐外垂泪。

"你真係唔睬我咩？呃！呃！（你真是不打理我吗？呃！呃！）"她哭着说。

"叫你好好地番，你又唔番；点解而今又喊上起来呢？（好好儿请你睡觉你不睡，现在为什么又哭起来呢？）"他从榻上跳起来，抱着她，吻着她一阵，安慰着她说。

"菲哥！你要自己保重身体！我想不久我一定会死！我们的结果，我预料是个很惨的悲剧！我想，你的家庭断不容你和我结婚，把你的旧妻休弃！我的家庭也断不许我自由！呃！呃！呃！"曼曼用着流利的普通话说，她哭得更加厉害了。

"我也知道这是我的不对！"她继续说着。"我不应该和你发生恋爱！我不应该从你的夫人手里把你夺过来！我不应该从你的父亲母亲的手里把你夺过来！菲哥，你要自己保重身体！妹妹始终是对你不住的！你让我独自个人天涯海角飘流去吧！我不久一定会死，我不久一定会死的！但我是一个罪人，我只配死在大海里，死在十字街头，死在荒山上，死在绝域中！我不配含笑的死在你的怀里！呃！呃！呃！"她睡在之菲怀中，凄凉地哭着。

"妹妹！不要哭！——我们要忍耐着，我们要一步一步地做去，无论如何，我是不负妹妹的！我可以给全社会诅咒，给父母驱逐，可以担当一切罪名！但，我不忍妹妹从我的怀里离去！我不忍妹妹自已走到灭亡之路去！你要死也好，我们一块儿死去吧！……"之菲说，凄然泪下。

"我可以死，你是不可以死的！我死了，别无牵累。你是死不得的！你的大哥前年死去了！你的二哥去年死去了！你的一对六十多岁的慈亲，老境凄凉，只望着你一人作他们最后的安慰！唉！你正宜振作有为！你正宜振作有为！菲哥！你要自已保重身体才好，妹妹从此怕不能和你亲近的了……唉！从此便请你把我忘记吧！呃！呃！呃！"她说着又是哭着，恍惚是要在她的情人的怀里哭死一样。

"我不可以死，难道你便可以死的吗？你也有爷爷，也有妈妈，也有兄弟姊妹，难道你死了去，他们便不会悲哀吗？奋斗！奋斗！我们还要努力冲开一条血路，创造我们的新生活！"他劝着她说，把手握着拳，脸上现出一段英伟的表情。

"我能够永远和你在一处，那是很好的，正和一个美丽的梦一样。但，我终怕我们有了梦醒之一日！"她啜泣着说，软软地倚在之菲身上。

"最后我们的办法，只有用我们的心力去打破一切！对于旧社会的一切，我们丝毫也是不能妥协的！我们要从奋斗中得到我们的生命！要从旧礼教中冲锋突围而出，去建筑我们的新乐土！我们不能退却！退却了，便不是一个革命家的行为！"

最后这几句话，她像很受感动。她把她的搐搦着的前胸紧紧地凑上之菲怀里，抖颤着的手儿把他紧紧地搂抱着。口中喃喃地哼着销魂的呓语，"哥哥！亲爱的哥哥！"

六

第二天早晨，曙光突过黑夜的重围，把它们愉快的，胜利的光辉，网着这一对热情的，销魂的，终夜因为狂欢不会好好睡过的情人。之菲是个有早起习惯的人，首先为这种光辉所惊醒了。他伸一伸懒腰，连连地打了几个呵欠，身体觉着很软弱地，头上有点眩晕。他凝视着棉被里面头发散乱，袒胸露臂，香梦沉酣的曼曼，不禁起了一点莫名其妙的，不近情理的埋怨。

"你这个狐狸精！……"他心中这样说了一声。越看越爱，越舍不得离开她独自起身。

几个钟头过去了，他终于在正午时候和她一同离开睡榻。洗过手脸，吃过午餐后便和谷菊、P君同到街上散步去。路上，之菲这样想着：

"这回真是有点诗意了！在这沦为帝国主义者的殖民地的孤岛上，在这被粉黛、珠宝麻木了人心的孤岛上，我开始地把我的瘦长的影投射着在这儿了！我时时刻刻都有被捕获的危险，因而在未被捕获以前，我时时刻刻都觉得异样的快活和自足。我这时的心境正和儿童的溜冰，探险家的探险一样，越觉得危险，越觉得有趣！……啊！啊！我从今天起，开始地了解生命的意义了！"他这时脸上溢着自足的笑，挺着胸脯在街上走动着，觉得分外有精神。过了一会，他忽而从衣袋里摸出一张写着字的纸条，默默地看了一会，便向着谷菊、P君和曼曼说：

"我们找章心去吧！他的通讯住址，写明他住在这条街××店楼上。"

"可以的！"P君闪着眼，翘着嘴说。

谷菊和曼曼都点着头，表示赞成。

他们几个人成为单行地走着，之菲在前，P君断后，曼曼和谷菊在中间。过了十分钟，在一间普通样子的批发铺前，之菲忽然地立住。把手儿一挥，向着他的同伴起劲地说：

"到了！这儿便是章心住着的地方，我们进去问他一问。"

他把戴在头上的帽拿到手里，口里作着一阵轻轻的口哨，冲进店里面去。

"章心先生住在这儿吗？"他向着站在他面前的一个肥胖的老板点着头问；那老板有一个像蜡石一样光滑的头，两只眼睛像破烂了的苹果一样。

"我不晓得那一个是章心先生！"他用鼻孔里的声音说。

"章心先生，他在写给兄弟的一封信上说他住在这里。——我是他的好朋友，请你坦白地告诉我吧！"之菲祈求着说，态度非常温和。

　　"我们店里没有这个人！"那老板很不耐烦地说，把面孔转
开去，再也不打理他了。

　　之菲不得要领地走出来，心中觉得十分愤恨。

　　"这班蠢猪，真是可杀！"他喃喃地说着，一半是自语，一
半是要得到他的同伴的同情。

　　立在店外的 P 君、谷菊和曼曼，都说了几句痛骂资本家的
说话，便和之菲离开那店户走去了。

　　下午二点钟的时候，他们在同条街的一家店户上找到陈若
真。热烈地握了一回手之后，陈若真愉快异常地喊出来：

　　"呵，呵，之菲哥！呵，呵，谷菊哥！呵，呵，P 君！呵，
呵，曼妹！你们来，好！好！我这几天很为你们耽心。现在来
了，好！好！"

　　陈若真是个西式的中国人。他的身躯是这样高大，鼻部特
别高耸。他自己说，他在南洋当报馆主笔时，有一次在街上散
步，一个年轻的西妇错认他是她的情郎，把他赶了好半里路。
待到赶上了，他回头一看，那西妇才羞红着两颊，废然而返
呢。他的性情很温和，态度很冷静，他从未会表示着过度的快
乐，也未会表示着过度的失望。他做事的头脑很致密，秩序很
井然。但有时，却失之迂缓。他在南洋当过十年主笔，这次回
国不久，和之菲一同在 M 党部办事，感情很是融洽。这时他
住在这家商店后楼的一个房里头，他的从 C 城带来的老婆住在
店老板的家中。店老板名叫杨敬亭，和他很有点交情。

　　"这店里头是很古老的，女人到这里头来，他们认为莫大
的不祥。尤其是剪发的女人，他们要特别地骇怕！菲哥，你现

在可带曼妹去见我的妇人。再由我的妇人向老板娘商量商量，或者曼妹可以在那边同住也不一定。"若真向着之菲和曼曼很诚恳地说。

他们再谈了一会，无非是互相勉励，努力干去这类说话。

谷菊和P君先回旅舍去了。之菲和曼曼由这店里一个伙计带到老板的住家去。

老板的住家，是在一座面街的三层楼上。从街上走进，要经过了几十步的黝黑的楼梯，才会达到它的门口。楼上的布置，是把楼前划出一个小面积出来，作为会客室。里面，陈设茶床，几，坐椅，风景画。楼栏上，摆着许多盆花。剩下来的一个三丈宽广的整面积，分隔为两间房的样子，房前留着一条小通道。

住在这儿的有杨老板的第三、第四两个姨太，一个被人们称呼为八奶的他们的亲戚，一个三十馀岁的佣妇，一个十四五岁的婢女，一个新从C城逃难来依的妇人，和陈若真夫人这一班人物。

之菲和曼曼被带到这里时，差不多已是下午三点钟了，那带他们来的伙计刚到门口时，便径自回去。之菲抱着一个羞怯的，好奇的心理把门敲着。即刻便有一个清脆的声音——谁呀？——在室内答应着。之菲站着不动，曼曼便柔声的说：

"我呀！——我是探陈夫人来的！"

"呀"的一声，室门开了，他们便都被迎接进去。

陈若真夫人是个身材娇小，乡村式的，贞静的，畏羞的美人。她的年纪二十八岁了，有了丈夫十年了，但她还保留下一种少女的畏羞的神态。她的身体很软弱，有一个多年不断根的肚痛病，性情很温柔，和蔼。见了她的人，无论如何都不会和她呕气的。她说话时的态度，小小的口一张一翕的神情，又是稚气，又是可爱。她的脸表现出十足的女性；眉，目，嘴，鼻，都是柔顺的，多情的表征。她穿着新式女子的衣裙，但不很称身。这时，她含笑地把他们介绍一番。美丽得出众的三奶，便娇滴滴地说：

"咦，沈先生，曼姑娘，我们这几天和陈夫人时常在替你们耽心呢！现在逃走出来，真是欢喜啊！"

三奶年约廿二一岁的样子，生得体态苗条，柳眉杏眼。她穿的是一套称身的淡绿色常服，行路时好像剪风燕子，活泼，轻盈，袅娜！她说话时的神态，两只惊人的美的眼睛只是望着人，又是温柔，又是妖媚。听说她的手段很高强，把个年过半百的杨老板，弄得颠颠倒倒，惟命是从。

站在她身边的那位四奶，脸上只是含着笑，不大说话。她的年纪约莫十六七岁的样子，白净得像一团云。她的身材矮胖，面貌像月份牌画着的美人一样，凝重而没有生气。在她眉目间流露着的，有一点表示不得的隐恨。听说她给杨老板弄过手后，只和她睡过一夜，以后便让她去守生寡。

和陈夫人同坐在一只长凳上的那位八奶，年约廿七八岁，是个富家奶奶的样子。她的身上，处处都表示出丰满的肉感。说她是美，实在是无一处不美，说她是平凡，实在却又是无一处不平凡。她的说话和举动的神态，证明她是个善于酬对，和使到遇见她的男子都给她买服的能手。

在八奶的后面站着的，是那个从 C 城逃难来依的妇人。她的年纪约莫三十岁，面貌很丑，额小，目如母猪目，鼻低平，嘴唇厚。她的丈夫是个危险人物，所以她亦是在必逃之列。适时，她站在这队美人队里，对照之下，好像一只乌鸦站在一群白鸽里面一样。

之菲和曼曼在这里和她们谈了一会，大权在握的三奶，对他们着实卖弄了一些恩意。最后，她娇滴滴地，销魂地说着，"曼曼姑娘，如不弃嫌，便请在这儿暂屈几天！……沈先生，我们真喜欢见你，请你时常来这里坐谈！"

下午四点钟的时候，之菲离开杨老板的住家，独自在街上走着。街上很拥挤，印度巡捕做着等距离的黑标点。经过了几条街，遇见了许多可生可死的人，他终于走到海滨去了。

这时候，斜阳壮丽，万道红光，浴着远海。有生命的，自由的，欢乐的浪花在跳跃着，在奔流着，在一齐趋赴红光照映的美境下去！他们虽遇过狂风暴雨之摧残，轮船小艇之压迫，寒星凄月之诱惑，奇山异岛之阻隔；他们却始终是自由的，活泼的，跳动的！他们超过时间空间的限制，永远是力的表现！

岸上陈列着些来往不断的两足动物。这些动物除一部分执行劫掠和统治者外，馀者都是冥顽不灵的奴隶！黑的巡捕，黄的手车夫，小贩，大老板，行街者，小情人，大学生……满街上都是俘虏！都是罪人！都是弱者！他们永远不希望光明！永远不渴求光明！他们在监狱里住惯了，他们厌恶光明！他们永不活动，永不努力，永不要自由！，他们被束缚惯了，他们厌恶自由！他们是古井之水，是池塘之水，是死的！是死的！他们度惯死的生活，他们厌恶生！

"唉！唉！死气沉沉的孤岛啊！失了灵性的大中华民族的
人民啊！给人家玩弄到彻底的黑印度巡捕啊！我为尔羞！我为
尔哭！起来！你披霞带雾的郁拔的奇峰！起来！你以数千年文
物自傲的中华民族的秀异的人民！起来！你魁梧奇伟，七尺昂
藏的黑印度巡捕！起来！起来！大家联成一条战线！叱咤喑
呜，使用我们的强力，把罪恶贯盈的统治阶级打倒！打倒！打
倒！打倒！我们要把吮吸膏血，摧残自由，以寡暴众的统治阶
级不容情地打倒！才有面目可以立足天地之间！……"之菲很
激越慷慨地自语着，这时他对着大海，立在市街上挺直腰子，
两眼包着热泪，把拳头握得紧紧，摆在胸前。

"全世界被压迫阶极联合起来，打倒资本帝国主义！国民
革命成功万岁！世界革命成功万岁！……"

这几个被他呼得成为惯性的口号，在他胸脑间拥挤
着。……

这天晚上，他再到杨老板店中，在陈若真住着的房子里
睡觉。

七

在徒然的兴奋和无效果的努力中，之菲和他的朋友们忙乱
了几天。他们的办事处，不期然而然地好像是设在陈若真的房
里一样，这现象使得陈若真非常害怕，他时常张大着眼睛，呆

呆地望着之菲说：

"之菲哥，请你向他们说，叫他们以后不要再到这里来。这地方比较可以藏身些，倘若透露了些风声，以后便没有别的地方可以去的了！"

他虽然是这样说，但每天到他这里来的仍是非常之多。麻子满面，而近视眼深得惊人的章心，大脸膛的铁琼海，肥胖的江子威，瘦长的P君，擅谈恋爱的谷菊，说话喜欢用演讲式的陈晓天，都时时到这里来讨论一切问题。

有一天，他们接到W地M党部的×部长打来一封密电，嘱他们在这H港设立一个办事机关，负责办理该×部后方的事务。经费由某商店支取。他们热烈的讨论着，结果，拟派铁琼海、江子威到W地去接洽；陈若真、沈之菲留在这H地主持后方，馀的都要到海外活动去。关于到海外去的应该怎样活动，怎样宣传，怎样组织；留在H港的应该怎样秘密，怎样负责，怎样机警；到W地去的，途上应该怎样留心，怎样老成、镇定，都有了详细的讨论。但，结果那家和×部长有了极深关系的商店，看到×部长的密电后，一毛不拔，他们的计划，因经费无着，全部失败。

这天晚上，街上浮荡着一层温润的湿气，这种湿气是腻油油的，软丝丝的，正和女人的吸息一样。之菲穿着一套黑斜羽的西装，踏着擦光的黑皮鞋，头上戴着灰黑色的呢帽，被一个十四五岁的小妮子带向海滨那条马路去。那小妮子是杨老板家的婢女，出落得娇小玲珑，十分可爱。她满面堆着稚气的笑，态度又是羞涩，又是柔媚，又是惹人怜爱。她跳着足，穿着一套有颜色的下人衣服。脸上最显著的美，是她那双天真无邪，闪着光的眼，和那个说话时不敢尽量张翕的小口。这时她含着笑向着之菲说：

"沈先生，曼曼姑娘和陈夫人都在海滨等候你呢。她们要请你同她们一同到街上去散步一会。"

她说话时的神情，像是一字一字的咀嚼着，说完后，只是吃吃地笑。在她的笑里流露着仰慕他们的幸福，和悲伤着她自己的命运的阴影。

"可怜的妹妹！"之菲看着她那种可怜的表情，心中不禁这样说了一声。"咳！你这么聪明，这么年轻，这么美貌；因为受了经济压迫，终于不得不背离父母，沦为人家婢女！……还有呢，你长得这么出众，偏落在杨老板家中；我恐怕不久，他一定又会把你骗去，做他的第五个姨太太呢！"

他想到这里，心头只是闷闷，吐了几口气，依旧地在街上摆动着。

"咳！所以我们要革命！惟有革命，才能够把这种不平的，悲惨的现象打消！……"他自语着。

到了海滨，一团团的黑影在灯光照不到的地方蠕动着。一阵阵从海面吹来的东风，带来一种像西妇身上溢露出来的腥臭一样。之菲和那婢女在曼曼和陈夫人指定的地方张大眼睛寻了一会，还不见她们的踪迹。

"呀！她们那儿去了！"她有些着急地说。

"她们初到这里，怕迷失了路吧！"之菲很耽心地说，心上一急，觉得事情很不好办了。

　　过了一会，在毗邻的一家洋货店内，她们终于被寻出来了。陈夫人，这晚穿得异常漂亮，艳装盛服，像个贵妇人一样。曼曼亦易了妆束，扮成富家的女儿一样华丽。照她们的意思推测出来，好像是要竭力避免赤化的嫌疑似的。（在这被称为赤都的 C 城的附近的地方，剪发，粗服的女子，和头发披肩，衣冠不整的男子，都有赤化的嫌疑！……）

　　"啊，啊，我寻找你们很久呢！"之菲含笑对着曼曼和陈夫人说。

　　"我们等候得不耐烦了，才到这洋货店里逛一逛。"陈夫人娇滴滴地答。

　　"菲哥，我们一同看电戏去吧。"曼曼挽着之菲的手说。又拉着陈夫人同到电戏院去。

　　这一晚，他和她们都过得很快活。当之菲把她们送回寓所，独自在归途上走动时，他心里还充满着一种温馨迷醉的馀影。他觉得周身真是被幸福堆满了。照他的见解，革命和恋爱都是生命之火的燃烧材料。把生命为革命，为恋爱而牺牲，真是多么有意义的啊！有时，人家驳问他说：

　　"革命和恋爱，到底会不会冲突呢?"他只是微笑着肯定地说：

　　"那一定是不会冲突的。人之必需恋爱，正如必需吃饭一样。因为恋爱和吃饭这两件大事，都被资本制度弄坏了，使得大家不能安心恋爱和安心吃饭，所以需要革命！"

　　今晚，他特别觉得他平时这几句说话，有了充分的理由。在这出走的危险期内，在这迷醉的温馥途中，他觉得已是捆捉着生命之真了。

晚上十一点钟，他回到杨老板的店中（他每晚和陈若真同在一处睡觉）。P君、林谷菊、陈晓天、铁琼海和江子威诸人照旧发狂地在房子里谈论着一切。

"我打算后天到新嘉坡去，在那儿，我可以指挥着一切群众运动！"这是P君的声音。

"我依旧想到W地去。"这是铁琼海的声音。

"我们一起到W地去，实在是不错。"这是江子威的声音。

"我此刻不能去，一二星期后，我打算到暹罗去。"这是陈晓天的声音。

"我连一文都没有！我想向陈若真借到一笔旅费，同你到新嘉坡去。"这是林谷菊朝着P君说着的声音。

之菲在楼梯口望了一会，觉得有趣。他便即刻走到房里去参加他们的谈话会。

这样的谈话，继续了约莫十五分钟以后，陈若真从客厅上走下来向着他们说：

"诸位，你们的谈话要细声一些！"他哼着这一句，便走开去了。他这几天老是不敢坐在房里，镇日走到客厅上去和商人们谈闲天。

约莫十一点半钟的时候，店里一个伙计慌慌张张走到之菲那儿，用很急速的声口说：

"走啊！几个包探！他们差不多到楼梯口来了！作速的跑！……跑！跑啊！"

这几句话刚说完时，之菲便走到门口，但已经是太迟了！

一个，两个，三个，四个的健壮多力的包探都在他们的房门口陆续出现！

在门口的之菲，最先受他们的检查。衣袋里的眼镜，汇丰纸票，自来水笔，朋友通讯住址，几片出恭纸都给他们翻出来。随后便被他们一拿，拿到房里面坐着。就中有一个鼻特别高，眼特别深，举动特别像猎狗的包探长很客气地对着他们坐下。他的声音是这么幽徐的，这么温和的。他的态度极力模拟宽厚，因此益显出他的狡诈来。

"What is your name? Please!"（请问尊姓大名？）他对着之菲很有礼貌地说，手上正燃着一条香烟在吸。

"My name is－Chang So."（我叫张素。）之菲答，脸上有些苍白。

——Where do you live?（住在那儿？）

——I live in Canton.（住在广州。）

——What is your occupation?（做什么工作的？）

——I am a student.（我是个学生。）

——How old are you?（多大年纪？）

——Twenty five years old.（二十五岁。）

——Why do you leave Canton now?（干吗要离开广州？）

——I dislike Canton so much，I feel it is troubled!（我不喜欢广州，我觉得那里讨厌！）

这狗式的西人和之菲对谈了一会，沉默了一下，便又问着：

——You say that you are a student，but which school do

you belong? （你说你是一个学生，但是你是那个学校的？）

——I belong to National Kwangtung University. （我是国立广东大学的。）

——Why do you live in this shop? （你为什么住在这店里？）

——Because the shopkeeper of this shop is my relation. （因为这店的老板是我的亲戚。）

——What kind relation is it? （什么亲戚？）

——The shopkeeper is my uncle-in-law. （老板是我舅舅。）

——Do you enter any party? （你入过什么党吗？）

——No! I never. （不！我从没入过。）

——Are you a friend of Mr. Le Tie-Sin? （你是李迪新的朋友吗？）

——No! I don't acquaint with him. （不，我不认识他。）

这像猎狗一样感觉灵敏，能够以鼻判断事物的包探长，一面和之菲谈话，一面纪录着。随后，他用同样的方式去和 P 君、铁琼海、林谷菊、陈晓天诸人对话。随后又吩咐那站在门口的三个包探，进来搜索，箱、囊、籐篮、抽屉都被翻过；连房里头的数簿、豆袋、麦袋，都被照顾一番。这三个包探都遍身长着寒毛，健壮多力。他们搜寻证物的态度好似饥鹰在捕取食物一样，迅速而严紧。

搜索的结果，绝无所得。但，他们分明是舍不得空来空去的。这时那猎狗式的包探长便立起身来向着之菲说：

——You have to go with us!（你得跟我们一道走！）

——May I ask you what is the reason？（请问是什么理由？）——之菲答。

——We don't believe you are a good citizen，that is all.（总之，我们不相信你是一个安分的公民。）

——May I stay in this shop？（我可以留在这店里吗？）

——No，you can't！（不，不成！）

——So then I must go with you！（那么，我一定得跟你们走罗！）

——Yes！Yes！（对哪！对哪！）

——May I bring a blanket with me？（我可以带一条毛毯吗？）

——Yes！you may，if you please！（可以的，请吧！）

包探长和他对说了几句，便命一个身材非常高大，遍身寒毛特别长的包探先带他坐着摩托车到警察总局去。包探长和其馀的两个包探却分别和 P 君、谷菊、晓天、铁琼海、江子威到他们的住所去检查行李。

天上满着黑云，月儿深闭，星儿不出。在摩托车中的之菲，觉到一种新的傲岸，一种新的满足。固然，他承认不去拿人偏给人拿去，这是一件可耻的事。但干了一回革命，终于被人拿去，在他总算于心无愧。比起那班光会升官发财的革命者，口诵打倒帝国主义之空言，身行拍帝国主义者马屁之实者，总算光明许多。还有一点，他觉得要是在这 H 港给他们这班洋鬼子弄死，还算死在敌人手里，不致怎样冤枉。要是在

C城给那班所谓同志们弄死，那才灵魂儿也有些羞耻呢！

同时，他也觉得有点悔恨。他恨自己终有点生得太蠢，几根瘦骨格外顽梗得可悲，拜跪不工，马屁不拍，面具不戴，头颅不滑；到而今，仰不足以事父母，俯不足以蓄妻子，左飨师友之欢，右贻亲戚之忧，人间伤心事，孰逾乎此！

经过几条漆黑暗的街道，他屡次想从摩托车里跳出来。但他觉得这个办法，总是有点不好，所以没有跳得成功。过了一忽，警察总局便在他的面前跃现着了。

下了车，他被带进局里面去。局里面正灯光辉煌，各办事人员正很忙碌地在把他们的头埋在案上。这时，他们见拿到一个西装少年，大家的样子都表示一点高兴和满足。

“赤党！一定是个赤党！”他们不约而同地张着眼睛，低喊着。他们的确是比那位包探长更加聪明；只用他们的下意识，便能断定之菲的罪状。

停了一忽，之菲站在一个学生式的办事人员面前受他的登记。那办事人员很和气而且说话时很带着一种同情的怜悯的口吻。他问：

“佢的点解会捉左你来呢（他们为什么会把你拿来呢）？”

“我唔知点解（我不知道）！”之菲不高兴地答。

一年来世故阅历得很深的之菲，知道这办事人员一定是个新进来办事的人，所以他还有一点同情的稚气。他知道要是过了三几年，他这种稚气自然会全数消尽。那时候他一定会和其他的办事人员一样，见到一切犯人，只会开心！他沉默了一会，用着鄙夷不屑的神气恶狠狠地望着那班在嘲笑着他的办事人员，心中很愤懑地这样想着：

"你们这班蠢猪都是首先在必杀之列！你们都是些无耻的结晶，奴隶的模型，贱格的总量！你们只配给猎狗式的西人踢屁股，打嘴巴，只配食他们的口水！你们便以此狐假虎威，欺压良善。你们为自己的人格起见，即使率妻子而为娼为盗，还不失自立门面，有点志气！但，你们不能，所以你们可杀！……"他越想越愤慨，眼睛里几乎喷出火来。

姓名，年岁，职业，和一切必须登记的话头都给那稚气的办事人员登记了。跟着，便来了一个年纪约莫三十馀岁，身材短小的杂役向他解开领带、钮扣、裤带、袜带、鞋带；拿出衣袋里的眼镜、纸币、自来水笔、手巾，一一地由那登记员登记。登记后，便包起来拿去了。随后，他只带着一条毛毡，被一个身材高大得可怕的西狱卒送到狱里面去。

八

狱里面囚徒纵横睡倒，灯光凄暗，秽气四溢；当之菲被那狱卒用强力推入铁栏杆里面时，那些还未睡觉的囚徒们，都用着惊异的眼光钉视着他。

"你为什么会来到这个地方？"一个臭气满身，面目无色，像在棺材里走出来的活死人问。他的意思是以为穿西装的少年，一定是有很高的位置的，不至于坐监的。他见之菲穿着漂亮的西装，竟会和他一块儿坐在这臭湿的地面上，不觉吃了一惊。他的那对不洁的，放射着黄光的眼睛，这时因为感情兴奋，张开得异样的阔大。在他的眼光照得到的地方，顿时更加黑暗，凄惨起来。

"他们为什么要把我拿到此地，我自己也是不知道的。"之菲很诚恳地答。

"他们大概是拿错的。"另一位囚徒说。这囚徒乱发四披，面如破鞋底一样不洁。

"你外边有朋友吗？他们知道你到这边来了吗?"第三个囚徒问，他的样子有几分像抽鸦片烟的作家一样。

"朋友多少是有的，他们大概也是知道的。"之菲很感激地答。他这时面上燃着微笑，感到异常满足的样子。

"你要设法通知你的朋友，叫他们拿东西来给你吃。这里的监饭很坏，你一定吃不下的。我们初来时，也是吃不下。久了，没有法子想，才勉强把每餐像泥沙般的监饭吞下多少!"第一个囚徒说。他再把他的眼睛张开一下，狱里面的小天地又顿时黑暗起来了。

"你们为什么给他们拿来呢?"之菲问。

"抽鸦片烟，无钱还他们的罚款!"第一个囚徒觉得有点羞涩地答。

"抽鸦片烟，无钱还他们的罚款!"第二个囚徒照样地答。

"抽鸦片烟，无钱还他们的罚款!"第三个囚徒又是照样地答。

大家倾谈了一会。这个让枕头，那个让地板位，之菲觉得倒也快活。

"Chang So! Chang So!"（张素！张素！）刚才带他到这狱里来的那个西狱卒在狱门口大声呼唤着，随着他便把狱门打开，招呼着他出去。

"恭喜！恭喜！你大概可以即刻出狱了！"

他来不及回答，已被那西狱卒引到了间很清洁，很阔气的拘留所去。一路这西狱卒对着很有礼貌地问：

"Are you Mr. Chang So?"（你是张素先生吗?）

"Yes! I am!"（是，我是的!）他冷然地答。

"Oh! This place is too dirty for you! I now guide you to a fine room!"（呵，这地方对你是太脏了，现在我带你到一间漂亮房间去!）狱卒说。

"Thank you very much!"（谢谢!）之菲毫不介意地答。

"You have some friends who shall come to acompany you soon!"（你有些朋友马上也来跟你作伴呢!）狱卒笑着说。他的粗重的声音，使壁间生了一种回声。

"Yes! I am sure!"（是的，我相信如此!）之菲答，他觉得有点不能忍耐了。

这时，他们已到那漂亮的拘留所。之菲微笑着，挺直胸脯，自己塞进房里头去。狱卒向他一笑把房门锁着，便自去了。

"在这 H 港给他们拿住是多么侥幸！要是在 C 城落在他们那班坏蛋手里，这时候一定拳足交加，说不定没有生命的了！可怜的中国人呀！你们对待自己的兄弟偏要比帝国主义者对待他们的敌人更加凶狠！这真是滑稽极了！"在拘留所内的之菲，对着亮晶晶的灯光，雪白的粉墙、雅洁的睡椅不禁这样想着。过了一会，他开始地感到孤独。在室中踱来踱去，走了一会，忽而不期然而然地，想起在伦敦给人家幽囚过的中山先生来。他把眼睛直直的凝视着，恍惚看见中山先生在幽囚所中祈祷着的那种虔诚，忧郁，和为人类赎罪的伟大的信心的表情。他很受了感动，几乎哭出来了。这样地凝视了一会，他又恍惚地看见中山先生走向他面前来，向着他说着一些又是悲壮又是苍凉的训词。

"小孩子，不要灰心罢。全世界被压迫的阶级和被压迫的民族的解放，完全是要靠仗你们这班青年人去打先锋。奋斗！奋斗！为自由而奋斗！为真理而奋斗！为扑灭强权而奋斗！为彻底反帝而奋斗！为彻底打倒军阀而奋斗！为肃清一切反革命、假革命而奋斗！把你们热烈的心血发为警钟去唤醒四千年神明之裔，黄帝子孙之沉梦！把你们强毅的意志化为利器去保护十二万万五千万被压迫的同胞！杀身以成仁，舍生以赴义，与其为奴而生，不如杀贼而死！……"训词的内容大致是这样。

在狱中的之菲，至死不悟的之菲，这时尚在梦想那被许多人冒牌着的中山先生。他如饮了猛烈之酒，感情益加兴奋，意气益加激昂。

"奋斗！奋斗！幸而能够出狱，我当加倍努力去肃清一切恶势力！"他张大眼睛，挺直腰子，对着自己宣誓，把拳头一连在壁上痛击几下。

"Mr. Chang So，your friends come here now!"（张素先

生，你的朋友们现在来哪！）狱卒半是同情，半是嘲笑的站在门口向他说着。他好像从梦中醒来似的，耳边听见 P 君和晓天君在办事处谈话的声音。

"啊，啊，他们也来了！好，好，这才算是德不孤，必有邻呢！唉！这倒痛快！"之菲在房里赞叹着，他的态度，好像在欣赏着一篇好的文学作品一样。

受过同样登记后的 P 君和晓天君，终于一同被那西狱卒送到之菲的房里头来。他们这时候，更是谈着，笑着，分外觉得有趣。

"一点证据都没有，我想大概是不至于有了生命的危险的。"之菲冷然地说。

"最怕他们把我们送回 C 城去！送回 C 城去，那我们可一定没有生命了！"P 君答，他的脸色有点灰白，态度却是非常镇定。

"大概是不会的。"晓天自己安慰着自己的神情说。

"起来！饥寒交迫的奴隶！起来！全世界的罪人！满腔的热血已经沸腾，作一次最后的斗争！……"P 君低声唱着，手舞足蹈有点发狂的样子。

"不要乱唱罢！"之菲说，摇着头作势劝他停止。

"谷菊君、子威君和琼海君终于不来，不知道是被送到第二处监狱去，还是给他们兔脱呢？"过了一个钟头之后，晓天说。晓天是个活泼的青年，脸上很有血色，颧骨开展，额阔，鼻有锋棱。他的身体很强壮，说话时老是摇着头，伸着手，作着一个演说家的姿势。他和之菲同学、同事，现在更同一处坐监。

　　约莫是深夜三点钟的时候，他们开始睡眠了。因为连一个枕头都没有，各人只得曲肱而枕。那不够两尺来宽，却有一丈多长的睡椅是太小了，他们只得头对脚地平列睡下去。一套单薄的洋毡，亦是很勉强地把他们三人包在一处。

　　在这种境况下不能成睡的之菲，听着房外寒风打树的声音，摩托车在奔驰着的声音，一队队的包探在夜操的声音，觉得又是悲壮，又是凄凉。他想起他的颓老的父母亲，想起他的情人，想起他的被摈弃的妻，想起他平时不尝想到和忘记的一切事情；他觉得虚幻，缥缈，苍茫，凄沉，肃严，灰暗，但他总是流不出眼泪来。

九

　　之菲一夜无眠，侵晨早起。这时候群动皆息，百喧俱静。拘留所外，长廊上只排列着几架用布套套住的汽车，长廊外便是一个士敏土填成的广场。广场的对面，高屋岸然，正是警察总局的办公处。

　　一轮美丽的朝阳，距离拘留所不够五十丈远的光景，从海边的丛树中探头探脑的在窥望这被囚的之菲。它是像胭脂一样的嫣红，像血一样的腥红，像玫瑰花一样的软红，像少女的脸一样的嫩红，像将军的须一样的戟红。它象征柔媚，同时却象征猛烈，它象征美，同时却象征力。它是青春的化身，它是生命的全部。它有意似地把它的红光射到黑暗的拘留所，把它的温热浸照着之菲的全身。它用它的无言的话语幽幽地安慰着他。它用它的同情的脉动深深地鼓励着他。他笑了。他深心里感到一种不可言说的愉悦地笑了。

过了一会，一个司号的印度兵雄赳赳的站在长廊上。他向四围里望了一望，便把手上的喇叭提到口里，低着头，张着目，胀动着两腮地吹起来。在这吹号声中，足有两百个印度兵，几十个英包探，一百个中国兵，一齐地挤到这廊外的广场上。他们都很认真地在操练着，一阵阵皮鞋擦地的声音，都很沉重而有力。

雇佣的印度兵差不多每个都有十二两重的胡须。须的境域，大率自下项至耳边，自嘴唇至两腮。须的颜色，自淡褐色至沉黑色，自微黄色至深红色，大体以黑色者为最多。他们像一群雄羊虽须毛遍体，而权威极少。他们持枪整步的技巧似乎很高，一声前进如黑浪怒翻，势若奔马。一声立正，如椰林无风，危立不动。

英包探个个都很精警，有极高的鼻峰，极深的眼窝，极凶狠的神气，极灵活的表情。眼睛里燃着吃人的兽性燃着骄傲的火星。他们都长身挺立，像一队忍饥待发的狼群一样。他们散开来，每人都有一辆摩托车供着驱使，来去如驰风掣电，分明显出捕人正如探囊取物。

雇佣的中国兵，那真滑稽第一，不肖无双的了！他们经过帝国主义者高明的炮制，只准他们戴着尖头的帽，缚着很宽阔的裤脚，腰心很不自然地束着一条横带。一个个鼻很低，脸色很黄，面上的筋肉表现出十分弛缓而无力。操也操得特别坏，他们的足在摆动着，他们的头却永远地不是属于他们所有的样子。

这时，P君和晓天君也起身了。他们都即刻走到门边隔着铁栏望着广场上的三色板的晨操。看了一会，觉得着实有趣，他们便在这拘留所里面用着皮鞋踏着地板，十分用力地操起来。

从门外经过的白种人，都很感到兴味地把他们考察一番，问问他们被拘的理由，便自去了。他们这种热心的照顾，全然是由于好奇心的激动。同情的部分当然很少，这是无疑的。其中如一个西狱卒，和一个把之菲从××号带来的包探，有时也玩弄着一点小殷勤，这算是绝无仅有的例外。

但，在这种漆黑的，闷绝的环境中，居然有了一个杂役头目的华人和一个司号的印度人向他们表示着亲切的同情。虽然这种同情对于他们的，助力极少，但同情之为同情，自有他本身的价值。

这华人是个身躯高大，脸上生得像一个老妈妈一样，态度非常诚实的人。他穿着一身制服，肩上有了三排肩章。行路时很随意，并不将他的弯了的腰，认真挺直一下。他的面孔，有些丰满，但不至于太肥。他说话时，声低而阔，缓而和。这人忽然走到他们的门口，问着他们是否要买食物。之菲便把袋里的两角银——他们搜身时不小心留下的——给他，嘱他代买面包。之菲恳求他到××街××号通知陈若真和杨老板请他们设法营救，也经他的允许。不过，这件事完全是失却效力。因为当他晚上回来报告时，他说杨老板完全不承认有这么一回事。

司号的印度人是个中等身材的人，他的皮肤很黑，胡子很多。他的眼很明敏警捷，额小，鼻略低。全身很配称，不失是个精悍灵活的好身手。他偷偷地用英语和他们谈话，但他很灵敏地避去各个白种人的注意。他对于他们的被捕，有一种深切的同情，和一种由羡慕而生出来的敬意。有时，他因为不能得到和他们谈话的机会，他便迅速地从铁栏门外探海灯似地打进来一个同情的苦脸。当白种人行过时，他又背转身在走来走去，即刻把他的行为很巧妙的掩盖了。

有一次，他把一枝铅笔卷着一张白纸，背转身递给他们，低声地说着：

"Please, write on your friends' address. I can inform them to see you!"（请写上你朋友的住址，我能通知他们来看你!）

他的声音很悲激，很凄沉，这显然是由他的充分同情的缘故。

"Thank you! We have sent a message to them, but the answer is not to be recieved yet!"（谢谢你，我们已经派一送信的人到他们那里去了，不过到现在还没得到回信!）之菲答，他这时倚着铁栏杆很敏捷地接过他的纸笔，即便藏起。

是傍晚时候，斜阳在廊外广场的树畔耀着它的最后的笑脸。树畔的坐椅上坐着一个十分美丽的西妇，几个活泼的小女孩像小鸟般在跳跃着。那西妇穿着淡红色的衬衣，金丝色的发，深蓝色的眼，嫩白色的肉，隆起的胸，周身的曲线，造成

她的整个的美。她对于她自己的美，似乎很满足。她在那儿只
是微微笑着。那几个小女孩，正在追逐着打跟斗，有时更一齐
走到那西妇的身上去，扭着她的腕，牵着她的臂，把头挂在她
的腿上。那西妇只是笑着，微微地笑着。

　　彻夜没有睡，整天只吃到三片坚硬的冷面包的之菲，现在
十分疲倦。他看到门外这个行乐图，心中越加伤感。幻灭的念
头，不停地在他心坎来往。他想起他的儿时的生活，想起他小
学，中学，大学时代的生活，想起一切和他有关系的人，想起
一切离弃他的人，最后他想起年馀来在革命战地上满着理想和
诗趣中沉醉着的生活。这些回忆，使他异常地怅惘。他一向是
个死的羡慕者，但此刻他的确有点惊怕和烦闷。他的脸很是灰
白，他的脑恍惚是要破裂的样子。

　　P君是因为受饿的结果，似乎更加瘦长起来了。他踱来踱
去，有点像幽灵的样子。他的脸色堆满着黑痕，口里不住地在
叱骂着。他的性情变得很坏，有点发狂的趋向。

　　晓天君说话时，依然保存他的演说家的姿态。但声音却没
有平时那么响了。

一〇

　　又是过了一夜。这一夜他们都睡得很好。听说今天要传去
问话，这个消息的确给他们多少新的期望，不管这期望是坏的
还是好的。他们平时都是自由惯了，不知自由是怎么可贵的人

此刻对于铁栏外一切生物在自由行动的乐趣，真是渴慕到十二分。连那在门外走廊上用一围破布在擦净着地面的，穿着破烂衣裤的工人，和一只摇着尾在走动着的癞皮狗，都会令他们羡慕。因为对于自由的渴慕愈深，所以对于帝国主义者无端对自由的侵害愈加痛恨！同时，想起那班勾结帝国主义者在残杀同胞的所谓"忠实同志"，更成为痛恨中之顶深切的痛恨！

其实痛恨尽管由他们痛恨，然而入狱者终于入狱，被残杀者终于被残杀，安享荣华者终于安享荣华。事实如此，非"痛恨"所得而修改。这时候为他们计，最好还是在心灵上做一番工夫，现出东方人本来的色彩来。最上乘能够参禅悟道，超出生灭，归于涅槃。那时候，岂不是坐监几日，胜似面壁九年？其次或者作着大块劳我以生，佚我以死，享乐我以入狱的玄想。要是真能得到"忘足，履之适也，忘身，住之适也"的混沌境界，也未尝不可。但他们都是二十世纪的青年，他们不能再学那些欺人自欺的古代哲学家，去寻求他们的好梦。……其实，他们也要不到这种无聊的好梦！

差不多是上午十一时的时候，他们便一齐被传出去问话。问话处由这拘留所门外的长廊左向走去，不到几十步的工夫便到了。他们一路上各人都有他的一个护兵式的杂役把他们牵得很出力。牵着之菲的一个杂役，满脸露着凶狠之气。他穿着普通警察一样的制服，斜眉，尖目，小鬼耳。他行路时几根瘦骨头本有些难以维持之意，但他拿着之菲，却自家显出自家是个威猛，有气力的样子来。他的表情很难看，不停地圆睁双眼看着之菲，鼻孔里哼出"恨！恨！"的声音来，表示他对这犯人的不屑！

"你贵处係边度啊（你贵处那里呢)？"之菲低声下气地问
着他。

"你想点啊（你想怎样），混账！"这杂役叱着，他的眼睛
张得愈大了。

"我好好地问你一声，点解你可恶啊！你沾你好勒咩，我
中意时，上你几巴掌！（我好声气的问你一声，你为什么这样
胡闹呢！你以为你很高贵吗？我如果觉得快意时，便赏给你几
巴掌！)"之菲大声叱着他，眼睛几乎突出来了。

欺善怕恶的杂役，这时只得低着头，红着脸，沉默着不敢
做声。

问话处是一间三丈见方，二丈多高的屋子，安置着办公
台，旋转椅，像普通机关的办事处一般的样子。室内有一点木
材气味。坐在那里的翻译员是个矮身材，洋气十足，穿着称体
西装的人，他的鼻头有一粒小黑痣，痣上有几条鬈曲着的黑
毛。那在翻译员上首，专司问话的西人，穿着一套灰色的哔叽
洋服，脸上红得像一个酒徒一样。

之菲最先被审问，其次 P 君，其次晓天。在问话中，他们
摇一下身子，扭一下鼻孔，都要受谴责。"无礼！""不恭敬！"
那翻译员时常用着师长的神气说，极望把他们加以纠正。最
后，他似乎为一种或然的同情所激动，扭着身子向他们开恩似
地说：

"诸位，你们这件案情很轻，一二天内当可出狱。不过，
哈！哈……"他很不负责任地笑着。

停了一会，他们又被送回拘留所去。

他们今早又没有饭吃，饿火在他们腹中燃烧着，令他们十分难耐。他们开始暴躁起来，一齐打着铁门，用着一种饿坏了的声音喊着：

"Sir！Sir！Sir！——"（先生！先生！先生！）

"Mr.！Mr.！Mr.！——"（先生！先生！先生！）

他们的声音起初好像一片石子投入大海里一样，并没有得到些儿影响。过了一个不能忍耐的长久的时候，那个西狱卒才摇摇摆摆地走来把他们探望一下。

"Sir！We are on the point of dying！We have not any food to eat these two days！"（先生，我们都快要死了，这两天我们什么也没吃上口。）

"Why！Why！"（呵！呵！）他表示出十分骇异，把肩微微地一耸说。"You have no friends to give you foods！Oh sorry！"（你们没有朋友给你食物，呵，真对不起！）

"But now what shall we do，we are nearly starved！"（但是现在我们怎办呢，我们饿得要死！）之菲说，他对于面前的西狱卒恍惚看做一只刺激食欲的适口的肥鸡一样。

"This evening，food is to be prepared，though it may be far from your appetite！"（今天黄昏给预备食物，虽然可能不大合你们的口胃！）西狱卒很不耐烦地说着，便很忙碌似地跑去了。

翌日下午两点钟的时候，他们都被带到包探长室里面去。包探长室在拘留所的斜对面，和正副警察长的办公处毗连着。

室内布置很有秩序，黄色的墙，黑色的地板，褐色的办公台和坐椅，很是显出镇静和森严，包探长这两天的案件大约审判得太多，所以他的鼻也像特别长起来了。他的鼻的确是有些太长，那真有些令人一见便怕碰坏它的样子。他的声音依旧是这样温缓低下，同时却带着一种很专断的口吻。他穿着一件很适体的黑色西装，态度很严肃，这当然是个有高位置的人所应该有的威严。

"Mr. Chang So."（张素先生）他用着他的高鼻孔哼出来的鼻音和之菲谈了一会，最后终于这样说着："We don't allow you to remain here any longer! I think you had better to go back to Canton!"（我们不许你再留在这里，我想你最好回到广东去!）他说罢，向他笑，很狡猾而发狠地笑。

"I don't like to go back to Canton in my life-time!"（我这辈子是不高兴回广东去的!）之菲很坚决地答，脸上表示出一种鄙夷不屑的神态。

"Then where shall you go?"（那么，你到那里去呢?）包探长再用他的鼻音说。

"I shall go to S. town, in which place, I can live under my parents' protection!"（我回到S城去，在那里我可以得到我父母的保护!）之菲很自然地回答。他虽然知道到S埠亦是和到C城一样，有被捕获的危险。但他对这两天的狱居生活异样觉得难受。他对于经过S埠虽有几分骇怕，但总还有几分幸免的希望。至于他所以向他提出他的父母的名义来这不过是要令他相信他是个好儿子，并不是一个了不得的革命党人的意思。

"Yes，you may go!"（是的，你可以走哪！）包探长说，他把他那对像猫一样蓝色的眼光，钉视着之菲。随后，他便即在案头用左手摸起那个电话机的柄，放在他的口上，右手摸起那个听筒，嗰嗰地自语了一会，他像得到一个新鲜的消息似地，便放下听筒和机柄，向着之菲说：

"You can go to S. ——immediately on board the ship called Hai Kun. "（你可以立刻坐船到 S 城去，船名叫海空。）

P 君和晓天都因急于出狱，结果便被这包探长判决伴着之菲一同出境同船到 S 埠。

一个面色灰暗，粗眉大眼，高颧骨说话带着 C 城口音的暗探，步步跟随着他们。他对于他们的一举一动都有意地干涉。他惯说：

"不 要 动，——没 规 矩！——失 礼！——这 里 来，快！——"等等带权威的命令式的说话。

"你一个月赚到几个钱呢！哈哈！……"P 君冷然地向他问着，一双恼怒的眼只是向着他紧紧钉住。这显然是向他施行一种侮辱和教训。他似乎很发气，他的眼睛全部都变成白色了，但他到底发不出什么火气出来。约莫三点钟的时候，他们都被一个矮身材，横脸孔，行路时像一步一跳似的西人，带到和包探长室距离不远的一间办公室去。室内是死一样地沉静，几个在忙着办公的西人都像石像一样，一动也不动地坐着。他们都是半被挟逼地站着在这办公室的近门口的一隅，那儿因为永久透不到光线，有点霉湿的臭气味。他们每人的十个指头先后被安置在一个墨盒上，染黑后被安置在纸上转动着把各人的十个指纹印出。那些被印在纸上的黑指纹，像儿童印在纸面上的水猫一样，对着它们的主人板着嘲笑的脸孔。停了一忽，他们又被带到办公处外面，给他们照了三张相。

一种潜伏着爆裂性，一种杀敌复仇的决心，在他们胸次燃烧着，鼓动着。但他们的理性告诉他们说，他们暂时只得忍辱和屈服，他们的复仇的机会仍然未到，只好等待着。

约莫四点钟的时候，一切登记后被没收去的东西都全部发还，他们即时可以出狱。那司号的印度人类频频向着他们笑。他向着他们说：

"I can go to see you off?"（我可以给你们送行吗?）

"They tell us that we shall go to the steamship on motor car! I think you can not keep pace with us!"（他们告诉我们说，我们将坐汽车到轮船上去，我想你是没法跟上我们的!）之菲答，他表示着感激和抱歉的样子。

一颗率真的泪光在这司号的印度人的黑而美的眼睛里湿溜着。懊丧和失望的表情，在他脸上跃现。

"Good-bey!"（再会!）他说，声音有些哽咽。

"Good-bey!"（再会!）之菲很受感动地踏进一步，把手伸给他说。那印度人四边望了一望，有十几对白人的眼睛在注意他，他便急忙把手插在裤袋里，装着不关心的样子似地走开去了。

停了一忽，一切手续都弄清楚了。一架由一个马来人驾驶着的漂亮的汽车，把他们载向那斜日照着黄沉沉的光，凉风扇着这里，那里的树叶的马路上去。押送着他们去的，有那个遍身寒毛的西捕，和那个面色灰暗的暗探。

一阵狂热和爱的牵挂纠缠着之菲。他用一种严重的，专断的口吻向着那西捕说：

"Sir! I have a lover here，I must to to see her now!"（先生，我有一位爱人在这里，现在我一定得去看看她!）

"No!"（不!）西捕含笑地说。"Time is not enough!"（时间来不及了!）

"No! I must go to see her! Only a few minutes，that is enough!"（不! 我一定得去看看她! 几分钟就够了!）之菲说，他现出一种和人家决斗一样的神气。

"Why，you may write her a letter，that is the same!"（呵，你可以写封信给她，是一样的!）西捕说，开始地有点动情了。

"No! I don't think that is the same!"（不，我想这不是一样的!）之菲更加坚决地说，他有些不能忍耐了。

"All right! You may go to see her now!"（好吧，现在你可以去看她一下!）西捕说，他闪着眼睛笑着，显然地为他的痴情所感动了。

曼曼这两天因为没有看见之菲，正哭得忘餐废枕。杨老板家中的人骗她说，之菲因为某种关系，已先到新嘉坡去了。他们完全把之菲被捕入狱这件事隐瞒着，不给她知道。但她很怀疑，她知道之菲如果去南洋一定和她同去，断不忍留下她一个人在这 H 港漂流。她很模糊地，但她觉得一定有一件不幸的事故发生。因此，她整天整夜的哭，她的眼睛因此哭得红肿了！

　　当之菲突如其来地走到杨老板的住家时，她们都喜欢异常。曼曼即刻走来挽住他，全身了无气力地倚在他的身上，双目只是瞪着他，再也说不出一句话来。

　　"好了！好了！你这两天到那儿去，曼曼姑娘等候得真是着急——啊！她这个时候刚哭了一阵，才给我们劝住呢！"三奶莺声呖呖地说，她笑了，脸上现出两个美的梨窝。她转一转身，正如柳树因风一样。

　　四奶、陈夫人、八奶和其馀诸人，都来朝着他，打着笑脸，问长道短。他一一地和她们应酬了几句，便朝着曼曼急遽地说："曼妹，快收拾吧。我们一块儿回 S 埠去！事情坏极了，待我缓缓地告诉你！"之菲说，他被一种又是伤感又是愉快，又是酸辛，又是欢乐的复杂情调所陶醉了。

　　再过十五分钟的时间，他们和晓天、P 君都在码头下车子了。之菲向着那西捕带着滑稽的口吻说：

　　"Good-bye! I shall see you again!"（再会，我将再看到你的！）

　　"Good-bye! Mr. Chang So! I hope you are very successfully!"（再会，张素先生，我祝福你们完全顺利！）那西捕含着笑脸紧紧地和他握着手说。

　　P 君和晓天都照样和他握一回手。大家都觉得很满足地即时走下轮船里面去。

　　"呜！呜!"轮船里最后的汽笛响了。船也开行了。立在甲板上的之菲，凝望着黑沉沉的烟突里喷出来的像黑云一般的煤

烟，把眼前的天字第一号的帝国主义者占据的 H 岛渐渐地弄
模糊了，远了，终于消灭了。他心中觉得有无限的痛快。

"哼！"他鼻子里发着这一声，自己便吃吃地笑了。但，停
了一忽，他的脸色忽而阴沉起来了，他把他的眼睛直直地凝视
着他那无论如何也看不到的地方，叹着一口气说：

"咳！可怜的印度人！你黑眼睛里闪着泪光的司号的印度
人！我和你，我们的民族和你们的民族，都要切实地联合起
来，共同奋斗！共同站在被压迫阶级的战线上去打倒一切压迫
阶级的势力！……"这样叹了一声，他眼上似乎有点湿润了。
他怅然地走回房舱里去。

— —

晚上七点钟的时候，船身震摇得很厉害。之菲觉得很软弱
地倚在曼曼身上。他的脸色，因为在狱中打熬了两天，显得更
加苍白。他的精神，亦因为经过过度的兴奋，现在得到它的休
息与安慰，而显出特别的疲倦。他把他的头靠在她的大腿上，
身子斜躺着。他的眼睛不停地仰望着她那低着首，脉脉无言的
姿态。一个从心的深处生出来的快乐的微笑，在他毫无牵挂般
的脸上闪现：这很可以证明，他是在她的温柔的体贴下陶
醉了。

"你的两位真係阴功啰（你们两位真是罪过咯）！——唉！
讨厌！……"P 君含笑站在他们面前闪着眼睛，作出小丑一般

的神态说。他这时左手插在裤袋里，右手的手指上夹着纸烟，用力地吸，神气异常充足。

晓天君正在舱位上躺着，他把他的目光紧紧地钉着他们只是笑。

"真爽啰，你的！（真快乐啰，你们！）"他说。

"嘻！嘻！……哈！哈！……"之菲只是笑着。

"嘻！嘻！……哈！哈！我的两个手拉手，心心相印，同佢的斗过。——咳！衰啰！你的手点解咁硬！——唔要紧！唔要紧！接吻！接吻！嘻！嘻！哈！哈！（嘻！嘻！哈！哈！我们俩手儿相携，心儿相印，和他们比赛。——咳！真糟糕！你的手儿为什么这样粗硬呢！——不要紧！不要紧！我们接吻吧！接吻吧！嘻！嘻！哈！哈！）"P君走上前去搅着晓天的臂，演滑稽喜剧似的，这样玩笑着。"我做公！你做纳！（我做男的，你做女的！）……"晓天抢着说。

一个军官装束的中年人的搭客，和一对商人样子的夫妇，和他们同舱的，都给他们引得哈哈地笑起来了。

正在这样喧笑中，一个长身材举动活泼的少女，忽然从门口走进这房舱里来。她一面笑，一面大踏步摇摇摆摆地走到之菲和曼曼身边坐下。她便是党变后那天和杜蘅芬一同到 T 村去找之菲的那个林秋英。她是个漂亮的女学生，识字不大多，但对于主义一类的书却很烂熟。她生得很平常，但十分有趣。她的那对细而有神的眼睛，望人尽是瞟着。她说话时惯好学小孩般跳动着的神情，都着实有几分迷人。她在 C 城时和之菲、曼曼日日开顽笑，隔几天不见便好像寂寞了似的。这时候她在之

菲和曼曼身边，呶着嘴，摇着身，娇滴滴地说及那个时候来 H
港，说及她对于之菲入狱的挂念，说及在这轮船里意外相遇的
欢喜。她有些忘记一切了，她好像忘记她自己是一个女人，忘
记之菲是一个男人，忘记曼曼是之菲的情人。她把一切都忘
记，她紧紧地挽着之菲的手，她把她的隆起的胸用力压迫在之
菲的手心上！她笑了！她毫无挂碍地任情地大笑了！

"菲哥！菲哥！菲哥！……"她热情地，喃喃叫着。

"你孤单单的一个人来的吗？"之菲张大着眼睛问。

"和志雄弟一道来的。我们同在隔离这地不远的一个房舱
上，到我们那里坐谈去吧！"

"和志雄弟一道来的吗？好！志雄弟，你的情人！——"
曼曼抿着嘴，笑着说。

"你这鬼！我不说你！你偏说我！菲哥才是你的情人呢！
嘻！嘻！"林秋英说，她把指儿在她脸上一戳，在羞着曼曼。

"莫要胡闹，到你们那边坐谈去吧！"之菲调解着说。他站
起身来，向着 P 君和晓天说：

"我给你们介绍，这位是林秋英女士，是我们的同乡！"跟
着，他便向着林秋英说：

"这两位都是我的好朋友，这一位是 P 君，——这一位是
晓天君。"

"到我们那儿坐谈去吧，诸位先生！"林秋英瞟着他们说。
她把先生两个字说得分外加重，带着些滑稽口吻，说着，她便
站起身来，拉着之菲、曼曼和 P 君、晓天，一同走向她的房舱
那面去。

陈志雄这时，正躺在舱位上唱着歌，他一见之菲便跳起来，走上前去握着他的手。

"之菲哥！之菲哥！呵！呵！"他大声叫着惊喜得几乎流出眼泪来，脸上燃着一阵笑容。他的年纪约莫十七八岁的样子，身材很矮，眼大，额阔。表情活泼，能唱双簧。在C城时和他相识的人们都称他做双簧大家。他和林秋英很爱好，已是达到情人的地步。出人意料之外的是他和林秋英的不羁的精神和勇气，他俩在这房舱中更老实不客气的把舱位外边那条枕木拉开，加外铺上几片板，晚上预备在这儿一块儿睡觉。

"一对不羁的青年男女！"这几个字深深地印在之菲的脑海里。

在这房舱中，之菲和着这对小情人谈了一回别后契阔，心中觉得快慰。他的悲伤的，烦闷的意绪都给他俩像酒一般的浓情所溶解了。

"英妹！雄弟！啊啊！在这黑浪压天的大海里，在这苍茫的旅途中，得到你们两位深刻的慰安和热烈的怜爱，真令我增几分干下去的勇气呢！"他终于对着他们这样说。

跟着，他便挽着P君和晓天坐在这对小情人的舱位上，秘密地谈起来了。

"对不住你们！船到S埠时，我要即时和你们分开，乔装逃走。因为我是S埠人，格外容易被人看出！"之菲说，他觉得很有点难以为情的样子。

"但不行！我不行！我现在连一文钱都没有了，你应该设法帮助我！"晓天着急地说。

"那，我可以替你设法！我，可以写一封介绍信给你，到一家商店去借取三十元！"之菲说，他把晓天的手紧紧地握着。

"我打算到新嘉坡去。我的旅费是不成问题的！"P君说。他的态度很是优闲，闪着眼睛，翘着嘴在作着一个滑稽面孔。

"介绍信便请你这个时候写吧！明早船一到埠时你即刻便要跑了，时间反为不够！"晓天说，他的态度急得像锅里蚂蚁一样。

"好的，好的，我即刻便替你写吧。"之菲说。即时从衣袋里抽出一枝自来水笔来，向着林秋英索了信封信纸，很敏捷地写着：

> S埠天水街同亨行交
> 李天泰叔台大人　　钧启
> 　　　　　　　　内详

天泰叔台大人钧鉴：

　　晓天君系侄挚友，如到贵店时，希予接洽，招待一切。彼拟日间往暹罗一行，因缺乏旅费，特函介绍，见面时望借与三十元。此款当由侄日内璧赵。侄因事不暇趋前拜候，至为歉仄！肃此，敬请
道安

　　　　　　　　　侄之菲谨启　月　　日

之菲把这封信写完后，即刻交由晓天收藏。

"留心些！把它丢失，便没法子想了！"P君说，他望着晓天一眼，态度非常轻慢。

一二

　　S埠仁安街聚丰号，一间生意很好的米店。店前的街路，两旁尽是给一些卖生菜的菜担，卖鱼的矮水桶、刀砧所占据。泼水泥污，菜梗萎秽，行人拥挤喧嚷，十分嘈杂。这店里的楼上，在上午十点钟的时候，来了一个远客。这远客是位瘦长身材面色憔黄而带病的青年。他头戴着一顶破旧的睡帽，眼戴一个深蓝色的眼镜，身穿深蓝色的布长衫。他的神情有点像外方人，说不定是个小贩，或者是个教私塾的塾师，或者是个"打抽丰"的流氓。他是这样的疲倦和没有气力，从他的透过蓝色眼镜的失望的眼光考察起来，可以即时断定他是一个为烦恼，愁闷，悲哀所压损的人物。他虽然年纪还轻，但因为他的面色的沉暗和无光彩，使他显出十分颓老。这远客便是从轮船上易装逃来的沈之菲。

　　这间米店是曼曼的亲戚所开的。告诉他到这里来的是曼曼女士。当海空轮船，一到埠时，他留下行李给曼曼女士看管，独自个人扮成这个样子，溜烟似地跑到这里来。

　　店里的老板是个年纪约莫四十岁的人，他的头部很小，面色沉黑。从他的弛缓的表情，和不尝紧张过的眼神考察起来，可以断定他是在度着一种无波无浪的平静生活。他的名字叫刘圭锡。之菲向他证明来意后，他便很客气地把他款待着。

　　"呵，呵，沈先生，刚从C城来吗？很好！很好！一向在C城读书吗？好！读书最好！读书最好！"刘老板说，他正在忙着生火煮茗。

"啊，啊，不用客气，茶可以不用啊。我的口并不渴！……唉！读书好吗？我想，还是做生意好！"之菲一面在洗着脸，一面很不介意地说着。

"不是这么说，还是读书好！读书人容易发达。沈先生一向在 K 大学念书吗？好极了！K 大学听说很有名声呢！啊，沈先生，你看，现在这 S 埠的市长，T 县的县长，听说就是 K 大学的学生。说起来，他们还是你的同学。好，沈先生！好，我说还是读书好！……"刘老板滔滔地说，脸上溢着羡慕的种气。

"是的，有些读书人或许是很不错的。但——不过，唉，有些却也很是难说！"之菲答，微微地叹了一口气。

过了一刻，曼曼女士带着一件籐呷呶，和她的父亲一同进来了。

"菲哥，这位是我的爸爸。我上岸后便先到 M 校去找他，然后才到这里来。"曼曼很羞涩而高兴地向着之菲介绍着。遂即转过身来向着他的父亲介绍着说：

"爸爸，这位便是之菲哥，我在家信里时常提及的。"

"呵，呵，呵，这位便是之菲兄吗。呵，呵，呵，回来了！回来了！回来了！前几天听说 C 城事变，我真耽心！真耽心！呵，呵，回来好！回来好！"曼曼的父亲说，脸上溢着笑容。

他的名字叫黄汉佩，年纪约莫五十馀岁，他的身材稍矮而硕大，面很和善。广额，浓眉，大眼。面形短而阔，头颅圆，头后有一个大疤痕。说话声音很响，如鸣金石。他是个前清的优廪生，现时在这 S 埠 M 中学当国文教员。他的家是在 T 县，距离这 S 埠约有百里之遥。

他的女儿和之菲的关系，黄汉佩先生已略有所闻。不过只是略有所闻而已，尚不至于有所证实。所以忠厚的黄先生，对于"所闻"的也不常介意。他和之菲谈话间，时常杂着一些感激的话头。什么"小女多蒙足下见爱，多所教导，多所提携，老夫真是感激！"什么"我的小女时常说及你的为人厚道，真可敬呢！"一类的话头，都由黄先生口里说出。

之菲心中老是觉得惭愧，不禁这么想着："黄老先生，真不好意思，你是我的岳父呢！我和你的女儿已经结了婚了！唉！可怜的老人家！我要向你赔罪呢！"

有些时候，他几乎想鼓起勇气，把他和曼曼间的一切过去都告诉他，流着泪求他赦罪，但，他终于不敢这样做。他觉得他和曼曼的关系，现时惟有守着秘密。他觉得这时候，正在亡命时候，他们的革命行动固然不敢给他们的父母知道；他们的背叛礼教的婚约，愈加有秘密的必要。社会是欢迎人们诈伪的，奖励人们诈伪的，允许人们诈伪的，社会不允许人们说真话，做真事，它有一种黑沉沉的大势力去驱迫人们变成狡猾诈伪。他想这时候倘若突然向他老人家说明他们的关系，只有碰一回钉子，所以索性只是忍耐着。

"黄老先生，我和你的令媛是很好的朋友，互相帮助这是很平常的事啊。说到感激一层，真令人愧死了！"他终是嗫嚅地这样说着。

过了一会，黄老先生和他的女儿到楼前的一个卧房里面密谈去。约莫十分钟之后，他便又请着之菲到房里面去。关于他们现在处境的危险，黄老先生已很知道。他诚恳地对着之菲说：

"之菲兄，到我们家里去住几天吧！我们有一间小书斋，比较还算僻静。你到我们家里去，在那小书斋里躲藏十天八天，人家大概是不知道的！"

"黄老先生，谢谢你！到你们家里去住几天本来是很好的，但，T县的政治环境很险恶，我这一去，倘若给他们知道，定给他们拿住了！……我还是回到我的故乡A地去好。那儿很僻静，距离T县亦有三四十里，大概是不致会发生危险的。"之菲答。他这时正坐在曼曼身旁，精神仍是很疲倦。

"不到我们家里去吗？……"曼曼脸色苍白，有些恨意问着。

"去是可以去的，但……咳！"之菲答，他几乎想哭出来。要不是黄老先生坐在旁边，他这时定会倒在她的怀里啜泣了。

"你们两人在这儿稍停片刻吧。此刻还早些，等到十一点钟时，你们可以雇两抬轿一直坐到停车场去。——坐轿好！坐在轿里，不致轻易被人家看见！我是步行惯了的，我先步行到停车场去等侯你们一块儿坐车去。"黄老先生说着，立起身来，把她的女儿的肩抚了一下，和之菲点了一下头便自去了。

"菲哥，哎哟！……"曼曼说。她的两片鲜红的柔唇凑上去迎着他的灼热的唇，她的在颤动着的胸脯凑上前去迎着他的有力的搂抱。

"亲爱的妹妹！"之菲像发梦似地这样低唤着。他觉得全身软酥酥地，好像醉后一样。

自从之菲在 H 港入狱直至这个时候，他俩着实隔了好几天没有接吻的机会，令他们觉得唇儿只是痒，令他们觉得心儿只是痒。这时候，经过一阵接吻和拥抱之后，他们的健康恢复了，精神也恢复了！

"菲哥！亲爱的哥哥！你回家后，……咳！我们那个时候才能再会？唉！和你离别后，孤单单的我，又将怎样过活？……"她啜泣着，莹洁的眼泪在她的脸上闪着光。

"亲爱的曼妹，T 县无论如何我是不能去的，留在这 S 埠等候出洋的船期又是多么危险，所以我必须回到偏僻的 A 地去躲避几天。我想，这里面的苦衷，你一定会明白的，最好，你到 T 县后，一二天间，即刻到 A 地去访我。我们便在 A 地再设法逃出海外！唉！现在只有这个办法！"之菲答。他一面从衣袋里抽出一条手巾来，拭干曼曼的泪痕，一面自己禁不得也哭出来了。

"唉！菲哥！这样很好！你一定要和我一块儿到海外去！离开你，我是不能生活下去的！"曼曼在之菲的怀里啜泣着说，脸色白得像一张纸一样。从窗外吹进来一阵阵轻风，把她的鬓发掠乱。她眼睛里流出来的泪珠，一半湿在她的乱了的鬓发上。

"心爱的妹妹！"之菲说，为她理着乱了的鬓发。"在最短的期间，我们总可以一块儿到海外去的！……在不久的将来，我们的生活一定能够放出一个奇异的光彩来！不要忧心吧！只要我们能够干下去！干下去！干下去！曙光在前，胜利终属我们!”他把她的手紧紧地握着，站起身来，张开胸脯，睁大着发光的眼睛，半安慰曼曼，半安慰自己似地这样说。

"好！我们一块儿干下去吧!"曼曼娇滴滴地说，在她的泪脸上，反映出一个笑容。

一三

约莫正午的时候，辞别了曼曼父女先从××车站下车的之菲，这时独自个人在大野上走动着。时候已是夏初四月了，太阳很猛厉地放射它的有力量的光线，大地上载满着炎热，在这样寂静得同古城一样，入耳只有远村三两声倦了的鸡啼声的田野中间，在这样美丽得同仙境一样，触目只见遍地生命葱茏的稼穑的田野中间，他陶醉着了，微笑着了，爽然着了。他忘记他自己是个逃亡者，他忘记死神正蹑足潜踪地在跟着他。在这种安静的，温穆的，美丽的，淡泊的景物间，他开始地忆起他的童年的农村生活来。

——在草水际天的野田上，他和其他的小孩一般的，一丝不挂的在打滚着，游泳着，走动着。雪白的水花一阵一阵地打着他们嫩稚的小脸。满身涂着泥，脸上也涂着泥，你扮成山上大王，我扮成海面强盗。一会儿打仗起来，一会儿和好起来。这样的游戏尽够令他由朝至暮，乐而不疲！

——在那些麦陇之上，在那些阡陌之间，在那些池塘之畔，在那些青草之墟，在那些水沼之泽，树林之丛，他堆着许多童年之梦，堆着童年的笑着，哭着，欢乐着，淘气着的各种心情。

这时候，他通忆起来了。他的童年的稚弱的心灵，和平的生活，平时如梦如烟地，这时都很显现地在他脑上活跃着了。他笑了，他微微地笑了。在他的瘦削的，灰白的，颓老的，饱经忧患的脸上有一阵天真无邪的，稚气的，微妙的笑显现。但，只是一瞬间他又是坠入悲哀之潭里去了。

他再也不笑了，他脸上阴郁得像浓云欲雨，疏星在夜一样了。他开始地战栗，昏沉。他觉得他的家庭，一步步的近，他去坟墓一步步的不远。他恐怕这坟墓，他爱这坟墓。他想起他的父母的思想的和时代隔绝，确有点像墓中的枯骨。他恐怕这枯骨，他爱这枯骨，他是这枯骨里孵生的一部分。他即变成燐光，对于这些枯骨终有些恩爱的情谊。他贪恋光明，但他不忍过分拂逆黑暗里的枯骨的意旨。他像燐光一样地战栗，恐怖，徬徨！他想起他的妻的妙年玉貌而葬送在这种坟墓的家庭中。在一种谈不到了解，谈不到恋爱，谈不到思想的怨闷，憔悴，失望，亏损的长年抑郁中。他对她充分地怜悯，拥抱她，吻她，一处洒泪。但她在他的心上总得不到一种恳挚的，迫切的，浓烈的，迷醉的，男女间的爱。她给他的全是一种肉体的丰美，圆滑，秀润，心灵上的赐与只有一个深刻的怨恨。他为此而战栗，而失望，而灰心。但他终是下意识地，宗教色彩的，牺牲的，一步一步走向他的家庭间去！

他下车的这个乡村叫鹤林村，由这鹤林村再过三四十里便是宁安村，由宁安村横渡一条河面阔不到一里远的韩远河便是仙境村，再由这仙境村前行不到三四里路远便是 A 地，他的旧乡了。

他这时，茫茫然地行着。渐渐地由幻想里回到现实的境界来。他开始地觉得太热，满面汗湿。他急把蓝布长衫脱下，挂在手臂上。他开始看见在这路上行着的不止他自己一人，前面还有和他一样的两个人在走动着。他忽然觉得有和他们谈话的必要，便快步追上前去和他们接洽。

"老哥！到那里去的？"之菲向着他们点着头笑问着。

"到宁安村去的。你老哥呢？"两人中一个私塾教师模样的少年人答着。他的头部很细，眉目嘴鼻却勉强地安置得齐备。他的声音从他很小的口里发出来，但不低细。他的样子很自得，因为身材虽然很小，但他在乡村间的位置，却似很高。他虽然是渺小，但照他的衣着估价起来，他大概还不失是个斯文种子。

"兄弟是到 A 地去的。你们两位老哥在那里贵干啊？"之菲问着。

"不敢当！不敢当！兄弟和这位朋友都在这宁安村里教小学。你老哥就请顺道到那儿去坐吧！"这小头少年说。他的朋友向着之菲微微笑着，表示敬意。这朋友有些村野气，面上各部分，界限划不大清楚。但，眼光很灵活，似乎是个聪明的人物。

"好的！好的！到你们贵校去参观一下是很好的！你们两位老哥从前在什么地方念书啊？"之菲问，他这时正用着手巾去揩着他脸上的汗。

"兄弟从前是在 T 城 B 小学念书的。"他们两人齐声说。

"兄弟十年前也是在 B 小学毕业的。"之菲说。

"呵，呵，老兄这么说是我们的前辈了！未请教老兄贵姓名啊！"小学教师问。

"兄弟姓——张名难先。算了吧！大家都是同学，不要客气吧。"之菲说。

"呵，呵，张先生，久仰！久仰！"小头教师和他的朋友交口赞着。

一这场谈话的结果，使他们骤然变成朋友。他到他们的校里喝了几杯茶，洗了一回凉水面。他们便替他雇来一乘轿，把他一道接到 A 地去。

一四

在一条萧条的、凄清的里巷间，之菲拖着迟疑的，惶急的脚步终于踏进。巷上有三四个小孩，两个廿馀岁的妇人，一个六十馀岁的老妇人，他们正在忙碌着他们的日常琐事。

"呀！三叔来了！三叔来了！"一个十三四岁的小女孩首先发见，差不多狂跳着说。

"三叔来了！三叔来了！三叔来了！"其馀的几个小孩一样地狂跳着叫出来。

一阵微微地笑，在那两个少妇的面上跃现，在那老妇人的面上跃现。

"母亲！嫂嫂！纤英！媚花！惜花！绣花！撷花！"之菲颤声向各人招呼着，两眼满含着清泪。

"孩儿——你——回来——回来好！好！"他的母亲咽着泪说，终于忍不住地哭了。

"叔叔！"他的嫂嫂咽着泪望着他凄然地哭起来。

他的妻纤英把他饱饱地望了一眼，也哭了。

他忍不住地也哭了。

几个小孩子见不是路，都跑开了。

过了一会，他的母亲忍着说："菲儿，唉！先回来几个月还可以见你的哥哥一面！——唉！儿呀！回来太迟了！"

他的二嫂听着这几句话，打动着她的惨怀，更加悲嘶起来。

"不要哭！"之菲竭力地说出这几个字，自己已是忍不住地又哭了。

"大嫂那儿去呢？"他继续着问。

"她到外头去，一会儿便回来的。儿呀！肚子一定饿了！呀！阿三快些煮饭去！"他的母亲说。

"妈妈！我已经在这儿煮着饭了！"纤英在灶下说。

"好！好！你的父亲现在 T 城，过几天才回来呢！"他的母亲说。

"唉！儿呀！家门真是不幸啊！你的大哥，二哥，——唉，真是没造化！你这次回来好！好！还算你有点孝心！爷娘老了，以后不放心给你出门去了。儿呀，你以后不要再到外头去了。外头的世界现在这么乱，杀人如切葱截蒜！唉！我们的祖宗又没有好风水，怎好到外头去做事呢？儿呀！回来好！回来好！还算你有点孝心；以后只要靠神天保佑，在家吃着素菜稀粥好好地度日便好，再也不要到外头去了，再也不要到外头去了！儿呀！我还忘记问你，这一次四处骚乱，你会受惊么？好！好！回来好！回来好！还算你有点孝心！"他的母亲态度很慈爱的继续说着。她是个长身材，十分瘦削的人。她的额很宽广，眼眶深陷，两颊凹入。表情很慈祥，温蔼，凄寂，渊静。她眉宇间充满着怜悯慈爱，是一个德性十分坚定的老妇人。

"不会的，孩儿这次并不受到什么惊恐。不要心忧吧！孩儿再也不到外面流浪去了！不要心忧吧！"之菲浴着泪光说，他为他的母亲的深沉的痛苦所感动了。

"叔叔啊，还是留在家里的好。妈妈真是受苦太深的啊！"他的二嫂嫂说。

他的二嫂年约二十三四岁的样子，生得很标致。一双灵活的眼睛，一个樱桃的小口，都很足证明她本来是很美丽的。但她这时已是满脸霜气，像褪了色的玫瑰花瓣，像凋谢了的蔷薇，像遭雨的白牡丹，像落地的洋紫荆一样。她是憔悴的，凋黄的，病瘦的；春光已经永远不是她的了。

"知道的，嫂啊！我从此留在家庭中便是了！"他说，凄惶的心魂，遮蔽着他的一切。

过了一会，他吃完饭了，走入他自己住的房里去休息。他的妻纤英跟着他进去。

纤英是个窈窕多姿，长身玉立的少妇。她的年纪很轻，约莫是二十一二岁的样子。一种贞洁的，天真的，柔媚的，温和的美性蕴藏着在她的微笑，薄怨，娇嗔中。她像野外的幽花，谷里的白鹿。她是天然的，原始的。她不识字，不知"思想"是怎么一回事。但她的情感很丰富，很热烈，很容易感到不满足。她的水汪汪的双眼最易流泪。她的白雪雪的额最易作着蹙纹。她已为他生了一个三岁的女孩。这女孩酷类之菲，秀雅多感，时有哭声，以慰那父亲远离的慈母之凄怀。

"婵儿那里去呢?"之菲问。

"卖给人家去了!"纤英笑着说。"你一去两年不回来!唉!——狠心得很!——婵儿到外边玩着去了，她现时会行会走呢!——我以为你从此不再回来了!唉!狠心的哥哥!唉!妈妈真凄惨哩!她天天在哭儿子，在想儿子。还算你有点天良，现在会回来!——咳!不要生气吧!亲爱的哥哥!你近来愈加消瘦了!你的精神不好么?你有点病么?"她倚在他的怀上，双眼又是含怨又是带着怜爱地望着他。

他紧紧地搂抱着她，心头觉得一阵阵的凄痛。他在她的温暖的怀上哭了。

"对不住呀!——一切都是我负你们!——"他再也不能说下去了，他无气力地睡下，像一片坠地的林叶一样。"我病了!我疲倦!亲爱的纤姊!让我睡觉一会!"他继续说着，双眼合上了。

她觉得他好似分外冷淡，而且不高兴的样子，她也哭了。他俩互相拥抱着，哭着，各自洒着各的眼泪!

"你不高兴我么?你不理我么?狠心的哥哥!"纤英说。

"不会有的事，我很爱你！"之菲说。

"你形式上是很爱我的，但，你终有点勉强！你的心！唉！我现在知道你和我结婚时候，为什么整天哭泣的缘故了，我现在才听到人家说，你本来不愿意和我结婚，不过很孝顺你的父母，所以不敢忤逆他们的意思才和我做一处。唉！我知道你的心很惨！唉！我想起我的命运真苦啊！唉！哥哥！做人真是无味，我想我不如早些死了，你才可以自由！唉！我惟有一死！哥哥！你在哭么？唉！妹妹是说的良心话，不要生气！唉！你是大学生，我连一个字都不认识，我很知道，这分明是太冤枉你的呀！——但，莫怪妹妹说，你也忒糊涂了，你那时候为什么不反对到底！唉！难道我没有人好嫁！唉！我嫁给别人倒好，不会累你这么伤心！哥哥！你生气么？唉！我是个粗人不会说雅话，你要原谅我啊！……"纤英说，她大有声罪致讨之意。

"亲爱的妹妹！一切都是我对你们不住！唉！原谅我啊！原谅我啊！我的心痛得很啊！"之菲说。他只有认罪，他觉得没有理由可以申诉。他想现在只好沉默，过几天惟有借着曼曼逃到海角天涯去。不过他觉得很对不住她。在这旧社会制度的压迫下，她终生所唯一希望的便是丈夫。现在他这样对待她，她将怎样生活下去呢？他想照理论，他们这种两方被强迫的结合当然有离婚之必要，但照事实，她和他离婚后，在这种旧社会里面差不多没有生存的可能。他又想这时候正在流亡的他，正叠经丧去两兄，家庭十分凄凉的他，倘若再干起这个离婚的勾当来，不但纤英有自杀的危险，即他年老的父母也有不知作何结束的趋势。他为此凄凉，失望，烦闷，悲哀，恐惧。

"唉！妹妹！我是很爱你的！我的年老的双亲，你一向很殷勤地替我服侍。我所缺的为人子之责，你一向替我补偿；我很感激你！很感激你！——唉！离婚的事，断没有的！几年前做的那幕剧，未免太孩子气了，现在我已经做了父亲了，有了儿子了，再也不敢做那些坏勾当了！你相信我罢！相信我罢！我是爱你的！"之菲说，他的心在说着这几句假话时痛如刀割。

"你真的是爱我么？那我是错怪你了！"纤英说。

"真的，妹妹！我真的是爱你的！"他说。他骤然地为一阵心脏剧痛病所袭，抽搐着。他紧紧地咬着牙根忍耐着，泪如雨下。

"你为什么老是这样哭的呢？"她问。

"不！我不尝哭！"他答。

"你枕边的席都给你的眼泪流湿了，还说你不尝哭！唉！哥哥！告诉我，你为什么要这样伤心？"她问着。

"呵！呵！……"他再也不能出声了。停了一会，他说：

"我很伤心！我的大哥死了！我的二哥又是死了！现在剩下我一人，我是不能死的了！妹妹！你相相我的样子，不至于短命吧！唉！我恐怕我——唉！妹妹！"

"…………"她默默无言。

"愿天帝给我一个惨死，在爱我的人们从容仙逝之后！但，妹妹！不要悲哀，我是很爱你的！……"他继续地说着，勉强地装出一段笑脸去媚她，吻着她，拥抱着她，竭力去令她高兴。他心中想道：

"唉！你这无罪的羔羊呀！这恶社会逼着我去做你的屠夫！你要力求独立离开我，才有生机；但这在你简直是不可能。我为自拔计，不能和你在黑暗里摸索着度过一生，这是我的很不过意的地方。但，我这一生便长此蹂躏下去，糟蹋下去，实在也是没有什么益你的地方。唉！罢了！这都是社会的罪恶！我需要着革命！革命！革命！唉！无罪的羔羊，怨我也吧，诅咒我也吧，我终是你的朋友，我将永远地立在帮助你的地位，去令你独立！"

一阵阵死的诱惑，像碧燐一样地在他的面前炫耀着！他借着这阵苦闷，昏沉沉睡去！晚上睡觉的时候，他托辞病了，没有和她一块儿睡觉。为的是恐怕对他的情人曼曼不住。

一五

过了几天，之菲的母亲和他在厅上谈话，都是关于他的大哥怎么样死，二哥怎么样死的惨状，复说着，哭着，哭着，复说着。在这种悲酸凄凉的景况中，他眼击慈母心伤的颜色，心念两兄病死的魂影，他的脑像被鬼物袭击，他的眼前觉得一阵昏黑，鼻孔里都是酸辣。他有时三四分钟间失了知觉，如沉入大海一样，如埋入坟墓一样，如投在荒郊一样，冥然，朦然，昏然，寂然，呆然，待到他忽然的叹口气起来，才渐渐惊觉醒转过来。他发觉他的心像被大石压着，周身麻木，失去他原有的气力。他的无神的双眼像坚实的木头做成的一样只是不动，他的灰白的脸更加罩上一层死光！他搐搦着，震颠着！

当他想起将来怎样结局时，他遍身打着寒噤，面上同幽燐一样青绿。他有两个寡嫂，有大嫂的遗孤媚花、惜花、绣花、撷花、二嫂的遗孤一人，将来都要由他全部供给教养费。他更想起他的父亲来，他的心像被锋利的快斧劈成碎片一样，他的固体般的眼泪，刺眼眶奔出。他的无生气的脸，显现出恐惧，怯懦，羞耻和被凌辱的痕迹来！

他的父亲是永远不会同情他的，他对他好像对待一个异教徒一样。他憎恶他是本能的，性质生成的，他永不容许他的哭诉。他平时糟蹋他的地方，譬如骂他生得太瘦削，没福气，短命相；写字入邪道，做诗入邪道，做文章入邪道，说话入邪道，叹口气也入邪道。他觉得他身上没有一片骨，一滴血，不是他父亲憎恶的材料。他想起这一次的失败，这一次误入邪党的大失败，他父亲给他的同情将是冷嘲，热讽，痛骂，不屑！他震恐，凄惶，满身的血都冷了。他悔恨他这次的回家。

"父亲几时才回来呢？"他咽着泪向他的母亲问，心中一震，脸儿有些青白了，

"他大概今天是要回来的。"他的母亲很慈祥地说。

他给他母亲这句话，吓得再也不敢做声了。他自己觉着骇异，他平时冲锋陷阵的勇气那里去了呢？他的为同辈所崇拜的过人的胆量那里去了呢？正在这个时候，他听见他的父亲的声音在巷上来了。他同他的母亲即时走出门口去迎接他。

"父亲！孩儿回来了！"之菲咽着泪说。他看他的父亲似乎很劳苦的样子，满拟安慰他几句，但恐怖侵蚀他的心灵，他只

偷望他一眼，便低下头不敢做声。他这时虽然未尝受到他的叱
骂，但他平时的威棱尽足以令他噤住。

　　他的父亲望着他一眼，冷然地笑了一笑便沉着脸说：

　　"知道了。"他的声音很雄壮粗重，而且显然含着恶意，令
他吓了一跳。

　　他的父亲名叫沈尊圣，是个六十馀岁的老头子。他的眉目
间有一段傲兀威猛之气，当他发怒时，紧蹙着双眉，圆睁着两
眼，没有人不骇怕他的。他很质朴，忠厚，守教，重义，是地
方上一个有名的人物。他的性格本来很仁慈，但他的脾气太
坏，太易发怒，所以不深知他的人是不容易了解他原来狮子性
中却有一段婆心的。他很固执，有偏见。他认为自己这方面是
对的，对方面永无道理可说。他的确是个可敬的老人物，他不
幸是违背礼教，捣乱风俗社会的之菲的父亲！他是个前清的不
第秀才，后来弃儒从商，在 T 县开了一间小店，足以糊口。他
这时正从距离这 A 地四十里远的 T 县的店中回到家中来。因
为天气太热了，所以他把他的蓝布长衫挂在手臂上。这时他把
长衫交给他的老妻收起，叫他的三媳妇给他打一盆水洗面。他
洗完面便在厅上的椅中坐下。他望着之菲，只是摇着头，半晌
不出声。

　　之菲的母亲为他这种态度吓了一跳，问着：

　　"今天你看见儿子回来，为什么不觉得高兴，好像有点生
气的样子。"

　　"哼！高兴！你的好儿子，干了好事回来！"他的父亲生气
说着，很猛厉地钉着之菲一眼。之菲心上吓了一跳，额上出了

一额冷汗。

"到底是怎么一回事呢?"他的母亲很着急地问。

"你问问你的好儿子便知道了!"他的父亲冷然地答,脸上变成金黄色。在他面前的之菲,越觉得无地自容。他遍身搐搦得愈厉害,用着剩有的气力把牙齿咬着他的衣裾。

"儿呀,你干了什么一场大事出来呢?你回家几天为什么不告诉娘呢?"他的母亲向着之菲问,眼里满着泪了。

"呢!——……"之菲竭力想向他们申诉,但他那从小便过分被压损的心儿一阵刺痛,再也说不出声来了。

"哼!装成这个狐狸样,闯下滔天大祸来!"他的父亲很不屑怜悯他,向他很严厉地叱骂着。便又向他的老妻说:

"你才在梦中呢?你以为你的儿子记念着我们,回家来看看我们么?他现在是个在逃的囚犯呀!时时刻刻都有人要来拿他,我恐怕他是已经死无葬身之地了!哼!我高兴他回来?我稀罕他回来吗?"他的父亲很不屑的神气说着。

他的母亲骤然为一阵深哀所袭,失声哭着:

"儿呀!不肖的菲儿呀!"

之菲这时转觉木然,机械地安慰着他的母亲说:

"孩儿不肖,缓缓改变便是,不要哭罢!"

"第一怨我们的祖宗没有好风水,其次怨我们两老命运不好,才生出这种儿子来!"他父亲再说着。"哼!你真忤逆!"他指着之菲说。"我一向劝你举着孔孟之道,谁知你书越读多越坏了。你在中学时代循规蹈矩,虽然知道你没有多大出息,还不失是个读书人的本色啊!哼!谁知你这没有良心的贼,父亲拼命赚来的钱供给你读大学，你却一步一步地学坏！索隐行怪，坠入邪道！你毕业后家也不回来一次！你的大哥，二哥，死了，你也没有回来看一下！一点兄弟之情都没有！你革命！哼！你革什么命？你的家信封封说你要为党国，为民党谋和益，虽劳弗恤！哼！党国是什么，民众是什么？一派呆子的话头！革命！这是人家骗人的一句话，你便呆头呆脑下死劲的去革起来！现在，党国的利益在那里？民众的利益在那里？只见得你自己革得连命都没有起来了！哼！你这革命家的脸孔我很怕看！你现在回家来，打算做什么呢？"他的父亲越说越愤激，有点恨不得把他即时踢死的样子。

"父亲你说的话我通明白，一切都是我的错误。我很知罪。我不敢希求你的原谅！我回家来看你们一看，几天内便打算到海外去！"之菲低着头说，不敢望着他的父亲。

"现在 T 县的县长 S 埠的市长听说都是你的朋友，真的么？"他的父亲忽然转过谈话的倾向问着。

"是的，他们都是我的朋友！"之菲答。

"你不可以想方法去迎合他们一点么？人格是假的，你既要干政治的勾当，又要顾住人格，这永远是不行的！你知道么？"他的父亲说，这时颜色稍为和平起来了。

"不可以的！我想是不可以的！我不能干那种勾当，我惟有预备逃走！"之菲说，他这时胆气似乎恢复一些了。

"咳！人家养儿子享福，我们养儿子受气？现在的世界多么坏，渐渐地变成无父无君起来了！刘伯温先生推算真是不错，这时正是'魔王遍地，殃星满天'的时候啊！孔夫子之道不行，天下终无统一之望。从来君子不党，惟小人有党，有党便有了偏私了！哼！你读书？你的书是怎样读法？你真是不通，连这个最普通的道理都不明白！哼！破费了你老子这么多的钱！哼！哼！"他的父亲再发了一回议论，自己觉得无聊，站起来，到外头散步去了。他的母亲安慰他一阵，无非是劝他听从他父亲的话，慎行修身这一类大道理。他唯唯服从地应着，终于走回自己的房里去。

他的妻正在里面坐着，见他进来冷然地望着他。他不知自己究竟有什么生存的价值，颓然地倒在榻上暗暗地抽咽。他的妻向他发了几句牢骚，悻悻然出去了。他越想越凄怆，竭力地挽着自己的乱发，咬着自己的手指，紧压着自己的胸，去抑制他的悲伤。他打滚着，反侧着，终不能得到片刻的宁静。他开始想着：

"灵魂的被压抑，到底是不是一回要紧的事？牺牲着家庭去革命，到底是不是合理的事？革命这回事真的是不能达到目的么？我们所要谋到的农工利益，民主政权，都只可以向着梦里求之么？现在再学从前的消极，日惟饮酒，干着缓性自杀的勾当不是很好么？服从父母的教训去做个孔教的信徒是不是可能的呢？"

他越想越模糊，越苦恼，觉得无论怎样解决，终有缺陷。他觉得前进固然有许多失意的地方，但后顾更是一团糟！过了一会，他最终的决心终于坚定了。他这样想着：

"惟有不断地前进，才得到生命的真铨！前进！前进！清明地前进也罢，盲目地前进也罢，冲动地前进也罢，本能地前

进也罢，意志的被侵害，实在比死的刑罚更重！我的行为便算
是错误也罢；我愿这样干便这样干下去，值不得踌躇啊！值不
得踌躇啊！你灿烂的霞光，你透出黑夜的曙光，你在藏匿着的
太阳之光，你燎原大焚的火光，你令敌人胆怖，令同志们迷恋
的绀红之光，燃罢！照耀罢！大胆地放射罢！我这未来的生
命，终愿为你的美丽而牺牲！"

一六

　　由 S 埠开往新嘉坡的轮船今日下午四时启锚了。这船的名
字叫 DK，修约五十丈，广约七八丈，蓝白色；它在一碧无垠
的大海中的位置好像一只螳螂在无边的草原上一样。这第三等
舱的第三层东北角向舱门口的船板上，横躺着七八个乡下人模
样的搭客。

　　这七八个搭客中有一个剃光头，跣着足，穿着一件破旧的
暹稠衫的青年人。他的行李很简单，他连伴侣都没有。——一
起躺在那儿的几个粗汉都是他上船后才彼此打招呼认识的，他
和他这些新认识的朋友，似乎很能够水乳交融。他们有说有
笑，有许多事情彼此互相帮忙，实在分不出尔我来。

　　"老陈，你这次到实叻（即新嘉坡）去，是第一次的，还
是以前去过的？"一个在他身边躺着的新朋友向着他问。这新
朋友名叫黄大厚，今年约莫二十六七岁，长头发，大脸膛，黄
牙齿，两颧阔张；神态纾徐而带着不健康的样子。

“兄弟这一次是第一次到新嘉坡去的。”他答。

“到坡面还是到州府仔（小埠头）去呢？”黄大厚问，他这时坐起来卷着纸烟在吸，背略驼，态度纾缓，永不会起劲的样子。

“到坡面去的。”这剃光头的青年回答，他也因为睡得无聊，坐起来了。他的脸色有一点青白，瘦削的脸孔堆积上惨淡，萧索之气。

“到坡面那条街去？你打算到那里做什么事！”老黄问着，口里吐出一口烟来。那口烟在他面前转了几圈便渐渐消减了。

“到漆木街××号金店当学徒去！”这剃光头的青年答。他似乎有点难过的样子，但这是初次出门人的常态，他的忠厚的朋友未尝向他起过什么怀疑。

“好极了！好极了！我想你将来一定很有出息！”黄大厚叫着，筋肉弛缓的脸上溢着羡慕的神态。他把他用纸卷的红烟吸得更加出力了。

在他右边躺着的一个大汉名叫姚大任的，这时向着他提醒着：

“老陈，漆木街××号金店实在很不错。我上一次回唐山时，在那儿打了一对金戒指呢。很不错，很不错！到坡后，你如果不识路，我可以把你带去。”

姚大任一向是在沙拉越做小生意的，他的样子很明敏活泼。年纪约莫二十七八岁，双眼灼灼有光，项短，颏尖。还有筋肉健实，声音尖锐，脸孔赤褐色而壮美的姚治本，年纪轻而好动的姚四、姚五、姚六，都和这光头青年是紧邻一路。谈谈说说，旅途倒不寂寞。

这剃光头，穿破暹稠衫，要到新嘉坡当学徒的青年，便是 K 大学的毕业生，M 党部的重要职员沈之菲。

之菲自回家后，接到爱人曼曼的信十几封，封封都由他的父亲看完后才交还给他，他俩的关系，家人都大体知道了。他的父亲设尽种种方法，阻止她到他家里去，所以直至他出走这一天，他俩还没有会过一次面。

有一次，她已到之菲的父亲的店中，请他带她到他家中去会之菲一面，他的父亲说：

"他现时在乡的消息需要秘密，你这一去寻他，足以破坏这个秘密。这个秘密给你破坏后，他便无处藏身，即有生命之虞！"

她给他这段理由极充足的议论所驳退，终于没有去见他。过几天他的父亲便回家去，他带去一个极险恶的消息，这消息促他即日重上流亡之路，没有机会去晤他的情人一面。

那天他的父亲回家，他照常的去他面前见见他。他叫了一声"父亲你回来"之后，考察他的神色分外不对，心中吓了一怔！他站立着不敢动，只是偷偷地望着他父亲的脸孔。

"哼！你干的好事，还不快预备逃走么？这是一张上海《申报》，你自己看罢！"他的父亲说着，把手里那张红色的上海《申报》向他身上投去，便恨恨地走开去了。

他提心吊胆地拾起那张《申报》一看。他发见他的名字正列在首要的叛逆分子里面，由 M 党部中央党部 K 政府着令通缉的！他不曾感到失望，也不曾着惊。因为这些事他是早已料定的。他毫不迟疑，在他的母亲的老泪和他的妻的悲嘶中他整理着行装，把自己扮成一个农家子，在翌日天尚未亮时便即出走。

他知道这次的局势更加严重了，他不敢再坐火车到 T 埠，他由一个乡村里雇了一只小船一直摇至 S 埠的港口。他不敢上岸。在小船中等到 DK 轮船差不多要开出时，才由小船送他到轮船上去。

他时时刻刻都有被捕获的危险，但他算是很巧妙地避过了。现时在这三等舱中和黄大厚诸人在谈谈闲话，他自己很放心，他知道危险时期已经过了。

他这时候呆呆地在想着：

"像废墟一样，残垒一样，坟墓一样的家庭现在算是逃脱了！恐惧的，搐搦的，悲伤的，被压抑的生活现在算是作一个结束了。鸢飞鱼跃的活泼境界，波奔浪涌的生命，一步一步地在我面前开展了！但，脱去家庭极端的误解便要在社会不容情的压迫下面过活，新嘉坡！帝国主义者盘据着的新嘉坡！资本家私有品的新嘉坡！反动分子四布稍一不慎即被网获的新嘉坡！在那里我将怎样生存着？漆木街××号金店，虽说在 H 港未入狱时陈若真说过那店是他的叔父开的，可以一起走到那里去避难。但，现在的情形又不同了，陈若真这次有没有逃来新嘉坡，这已显然成一问题。便算他逃来新嘉坡，照现时的局面，他仍然需要到一个秘密的藏匿所，不敢公然在那店里头居住——他也是政府通缉的人物。那，我用什么方法把他寻出来！

"除开他，偌大的新嘉坡，和我相识的，却是一个都没有！我将怎样生活下去？唉！糟糕！糟糕一大场！

"我的亲爱的曼曼！我的妹妹！我的情人！唉！她这个时候又将怎样呢？我临走时给她那一封信简直是送她上断头台！她这时候定在她家中镇日垂泪，定在恨我无情！在欲暮的黄昏，在未曙的晓天，在梦醒的午夜，在月光之下，在银蜡之旁，在风雨之夕，在徬徨之歧路！呵！她一定因凄凉而痛哭！她那忧郁病一定要害得更加厉害！她的面色将由朱红变为灰白，由灰白变为憔暗。她的红色的嘴唇将变为褪色的玫瑰瓣；她的灵活的双眼将变为流泪的深潭。啊，啊，我真对她不住！我真对她不住！"

他想到这里便忘情地叹了一口气。

"老陈！你在想什么？大丈夫以四海为家，用不着咳声叹气啊！"黄大厚安慰着他说。他露出两行黄牙齿来，向着他手里持着的一个烟盒里面嵌着的锈注视着。

"今天的天气真是太热，令人打汉（忍耐）不住啊！"姚大任说，他这时正赤着膊在扇着风。

姚治本热得鼻孔里只是喘着气说：

"真的是热得难耐啊！巴突（理应该），现在的天气亦应该热的了！"

据他们两人的报告，新到新嘉坡的唐客，自朝至暮都要祖着上身；并且每天还要洗五六次身。洗时须用一片木柴或者一条粗绳用力擦着周身的毛孔，令他气出如烟才得安全！他们又说到埠时到人家处坐谈的时候，不能够翘起双足盘坐着，因为这是大避忌的！

之菲觉得很无聊，便举目瞩望同舱的搭客。男的，女的，杂然横陈！有的正在赌钱，有的正在吸鸦片烟，有的正在谈心，有的正在互相诅咒，有的正晕船在吐，有的正吐得太可怜在哭。满舱里污秽，臭湿，杂乱，喧哗，异声频闻，怪态百出！

这种景象由早起到黄昏，由船开出时一直达到目的地，始终未尝变过！

这是船将到埠的前一日，船票听说今天便要受检查的了。倏然间空气异常紧张，各人都提心吊胆各把船票紧紧地握在手里。没有船票的都各各被水手们引去藏匿着了。（这是水手们赚钱的一种勾当。无钱买船票的人们拿三数块至十多块钱交给水手们，由水手们设法，引导他们当查票时在各僻静处——如货舱、机器间、伙计房等地方藏匿。听说每次船都有这样的搭客三四百人！）

一会儿便有四五个办房的伙计一路喧呼呐喊，驱逐舱面的搭客一齐起到甲板上面去。最先去的是妇人，其次是小孩，姚四、姚五、姚六，都被他们当作小孩先行提去，（原来这亦是他们赚钱的一个方法！譬如他们卖五百张半单的小童船票便声报一千张。其馀五百张的所谓"半票"统统卖给全价的成人。这样一来他们便可以弄到一笔巨款。但当查票时，点小童的人数不到，他们便不得不到各舱乱拉年轻人去补数！）最后才是成年的男人。这样一来，这个乱子真闹得不小了！

这时甲板上满满的拥挤着几千个裸着上体的搭客。（现在

听说西番大人对待中国人已算是好到极点了！男人光裸上体，
不用裸出下体！女人们连上体都不用裸出。二十年前，据说男
女都要全身一丝不挂给他们检验呢！）那些袒露着的上体，有
些是赤褐色的、有些是白润的，有些是炭黑的，有些是颓黄
的，有些很肥，有些很瘦，一团团的肉在拥挤着，在颤动着，
在左右摇摆着，像一队刮去毛的猪，像一队屠后挂在铁钩上的
羊，像春秋雨祭摆在孔圣灶前的牛，在日光照射之下炫耀着，
返光回照，气象万千！

　　过了一会，人人垂头丧气走到查票员台前给他欣赏一下！
（不！他们看得太多，确有点厌倦了！还算洋大人的毅力好！）
走前几步给新嘉坡土人用那枝长不到半尺的铅笔在胸部刺了一
下便放过了。足足要经过四个钟头，才把这场滑稽剧演完，

　　忠厚的黄大厚真有些忍耐不住了，他眼里夹着一点眼
泪说：

　　"在家日日好，出外朝朝难！唉！唉！……"

　　在他前后左右的搭客听着他这句说话，也有点头称是的；
也有钉着他一眼，以他为大可以不必的！

　　经过这场滑稽剧之后，再过一夜便安然抵埠。稽查行李的
新嘉坡土人虽有点太凶狠，但因为他们用钱可以买情的缘故，
也算容易对付。第一次出洋的之菲，便亦安然地达到目的
地了。

一七

这是晚上了，皇家山脚的潮安栈二楼前面第七号房，之菲独自个人在坐着，同来的黄大厚诸人都到街上游散去，他们明早一早便要搭船到沙拉越去。室里电灯非常光亮，枕头白雪雪的冷映着漾影的帐纹。壁上挂着一幅西洋画的镜屏，画的是椰边残照，漆黑的"吉宁人"正在修理着码头。一阵阵暖风从门隙吹进来，令他头痛。他忆起姚大任、姚治本的说话来，心中非常担忧，忙把他的上衣脱去，同时他对于洗身之说也很服膺，在几个钟头间他居然洗了几次身，每次都把他的皮肤擦得有些红肿。

这次的变装，收着绝大的功效！听说这 DK 船中的几十个西装少年都给"辟麒麟"扣留，——因为有了赤化的嫌疑！

"哎哟！真寂寞。"他对着灯光画片凝望了一会便这样叹了一声，伸直两脚在有弹性的榻上睡下去了。在这举目无亲的新嘉坡岛上，在这革命干得完全失败的过程中，在这全国通缉，室家不容的穷途里，曾在那海船的甲板上藏着身，又在这客舍与那十字街头藏着身的他，这时只有觉得失望，昏暗，幽沉，悲伤，寂寞。全社会都是反对他的，他所有的惟有一个不健全的和达不到的希望。

过了一会，忽然下着一阵急雨，打瓦有声。他想起他的年老的父母亲，想起他的被摈弃的妻，想起他的情人。他忽而凄凉，忽而觉得微笑，忽而觉得酸辛，忽而觉得甜蜜了。他已经

有点发狂的状态了！最后，他为安息他的魂梦起见，便把他全
部思潮和情绪集中在曼曼身上来。他想起初恋的时候的迷醉，
在月明下初次互相拥抱的心颤血沸！……

"曼曼！曼曼！亲爱的妹妹！亲爱的妹妹！"他暗暗地念了
几声。

"唉！要是你这个时候能够在我的怀抱里啊！——"他
叹着。

楼外的雨声潺潺，他心里的哀念种种。百不成眠的他，只
得坐起，抽出信纸写着给她的信。

最亲爱的曼妹：

谁知在这凄黄的灯光下，敲瓦的雨声中，伴着我
的只有自己的孤另另的影啊！为着革命的缘故，我把
我的名誉，地位，家庭，都一步步地牺牲了！我把我
的热心，毅力，勇敢，坚贞，傲兀，不屈，换得全社
会的冷嘲，热讽，攻击，倾陷，谋害！我所希望的革
命，现在全部失败，昏黑，迷离，惨杀，恐怖！我的
家庭所能给我的安慰：误解，诬蔑，毒骂，诅咒，压
迫！我现在所有的成绩：失望，灰心，颓废，坠落，
癫狂！唉！亲爱的曼妹！我唯一的安慰，我的力的发
动机，我的精神的兴奋剂，我的黑暗里的月亮，我的
渴望着的太阳光！你将怎样的鞭策我？怎样的鼓励
我？怎样的减少我的悲哀？怎样的指导我前进的
途径？

啊！可恨！恐怖的势力终使我重上流亡之路，终

使我们两人不得相见，终夺去我们的欢乐，使我们在
过着这种凄恻的生活！

　　同乡的 L 和 B 听说统被他们枪毙了！这次在 C
城死难者据说确数在千人以上！啊！好个空前未有的
浩劫！比专制皇帝凶狠十倍，比军阀凶狠百倍，比帝
国主义者凶狠千倍的"所谓忠实的同志们"啊，我佩
服你们的手段真高明！

　　亲爱的妹妹！不要悲哀罢，不要退缩罢。我们想
起这千百个为民众而死的烈士，我们的血在沸着，涌
着，跳着！我们的眼睛里满进着滚热的泪！我们的心
坎上横着爆裂的怒气！颓唐么？灰心么？不！不！这
时候我们更加要努力！更加不得不努力！

　　他们已经为我们各方面布置着死路。惟有冲锋前
进，才是我们的生路！我们要睁开着我们的眼睛，高
喊着我们的口号，磨利着我们的武器，叱咤喑鸣，兼
程前进，饮血而死！饮血而死终胜似为奴一生啊！

　　亲爱的妹妹，不要悲哀罢，不要退缩罢。只有高
歌前进，只有凌厉无前，跳跃着，叫号着，进攻的永
远地不妥协，永远地不灰心！才是这飙风暴雨的时代
中的人物所应有的态度！祝你努力

　　祝你

　　努力

　　　　　　　　　　　　　　　　　你的爱友之菲

他写完后，读过一遍，把激烈的字句改了好几处，才把它

用信封封着，预备明天寄去。

　　这时候，他觉得通体舒适，把半天的抑郁减去大半。他开始觉得疲倦，朦胧地睡着。过了一忽，他已睡得很沉酣。他骤觉得一身快适轻软，原来却是睡在曼曼怀上。她的手在抚着他的头发，在抚着他的作痛的心，她的玫瑰花床一样的酥胸在震颤着，她的急促的呼息可以听闻。

　　"妹妹！你那儿来的！"他向她耳边问着，声音喜得在颤动着。

　　"咳！狠心的哥哥啊！你不知道我一天没有见你要多么难过！你，你，你便这样地独自个人逃走，遗下我孤另另地在危险不过的 T 县中。你好狠心啊！我的母亲日日在逼我去和那已经和我决绝的未婚夫完婚，我镇日只是哭，只是反对，只是在想着你！

　　"咳！——你那封临走给我的信，我读后发昏过两个钟头。我的妈妈来叫我去吃饭，我也不去吃了！我只是哭！我谅解你的苦衷，我同时却恨你的无情。你不能为你的爱情冒点危险么。你不能到 T 县去带我一同逃走么？咳！——狠心的你！——狠——心——的你！你以为你现在已经逃去我的纠缠么？出你意料之外的，你想不到现在还在我的怀里……哼！可恨的你！寡情的你！呃！呃！呃！"她说完后便幽幽地哭了。

　　他一阵阵心痛，正待分辩，猛地里见枕上的曼曼满身是血，头已不见了！这一吓把他吓醒起来，遍身都是冷汗！

　　他追寻梦境，觉得心惊脉颤！他悔恨他这次逃走，为什么不冒险到 T 县去带她一路逃走！"咳！万一她——唉！该死的我！该死的我！"他自语着。

雨依旧在下着，灯光依然炫耀着，雪白的枕头依旧映着漾影的帐纹！夜景的寂寞，增加他生命里的悲酸！

一八

之菲晨起，立在楼前眺望，横在他的面前的是一条与海相通的河沟，水作深黑色，时有腥臭的气味。河面满塞着大小船只，船上直立着许多吉宁人和中国人。河的对面是个热闹的巴萨，巴萨的四围都是热闹的市街。西向望去，远远地有座高冈，冈上林木蓊郁，秀色可餐。

他呆立了一会，回到房中穿着一套乡下人最时髦的服装，白仁布衫，黑暹绸裤，踏着一双海军鞋——这双鞋本来是他在C城时唯一的皮鞋，后来穿破了，经不起雨水的渗透，他便去买一双树胶鞋套套上，从此这双鞋便成水旱两路的英雄，晴天雨天都由它亲自出征。在这新嘉坡炎蒸的街上，树胶有着地欲融之意，他仍然穿着这双身经百战，瘢痕满面的黑树胶套的水鞋。他自己觉得有趣便戏呼他做海军鞋——依照姚大任告诉他的方向走向漆木街××号金店去。

街上满塞着电车，汽车，"猡厘"，牛车，马车，人力车。他想如果好好地把他平均分配起来，每人当各有私家车一辆；但照现在这种局面看起来，袋中不见得有什么金属物和任何纸币的他，大概终无坐车之望。这在他倒不见得有什么伤心，因为坐车不坐车这有什么要紧，他横竖有着两只能走的足。一步一步地踱着，漆木街××金店终于在他的面前了。

金店面前，吊椅上坐着一个守门的印度人。那人身躯高大，胡子甚多，态度极倨傲，极自得。店里头，中间留着约莫三尺宽的一片面积作为行人路，两旁摆着十几只灰黑色的床，床上各放着一盏豆油灯，床旁各各坐着一个制造金器的工人，一个个很专心做工，同时都表显着一种身份很高的样子。之菲迟疑了一会，把要说的话头预备好了便走进店里去。

"先生，陈若真先生有没有住在贵店这儿？"他向着左边第一张床的工人问着。

"我不晓得那一个是陈若真先生！"那工人傲然地答，他望也不望他一眼。

之菲心中冷了一大截，他想现在真是糟糕了！

"大概还可以向他再问一问吧，或许还有些希望。"他想着。

"先生，兄弟不是个坏人，兄弟是若真先生的好朋友。在H港时他向兄弟说，他到新嘉坡后即来住贵店的，他并约兄弟来新嘉坡时可以来这儿找他的啊！"之菲说，极力把他的声音说得非常低细，态度表示得非常拘谨。

"我不识得他就是不识得他，难道你多说几句话我便和他认识起来吗？"工人说，他有些发怒了。这工人极肥胖，声音很是浊而重，面上没有什么特别的地方，不过鼻头有点红。

之菲忍着气不敢出声。他想现在只求能够探出若真的消息出来便好，闲气是不能管的。他再踏进几步向着坐在柜头的掌柜先生问：

"先生，请问陈若真先生住在贵店吗？兄弟是特地来这里拜候他的！"

掌柜是个长身材，白净而皮，好性情的人。他望着他一眼，很不在意似地只是和别个伙计谈话。过了一会，他很不经意地向着他说：

"在你面前站着的那位，便是陈若真的叔父，你要问问他，便可以知道一切了。

站在之菲面前所谓陈若真的叔父，是个矮身材，高鼻，深目，穿着一套铜钮的白仁布西装，足登一对布底鞋老板模样的人。他显然有些不高兴，但已来不及否认他和若真的关系了。他很粗心地把之菲考察了一会便说：

"你先生尊姓大名啊？"

"不敢当！兄弟姓沈名之菲。兄弟和若真先生是很好的朋友，我们在 C 城是一处在干着事的。兄弟和他在 C 港离别时，他说他一定到新嘉坡来！并约兄弟到新嘉坡时可以来这儿找他。兄弟昨日初到，现住潮安栈，这里的情形十分不熟悉，故此一定非找到陈先生帮忙不可的。"之菲答。

"呵呵，很不凑巧！他前日才在唐山写了一封信来呢。他现在大概还在故乡哩。"若真的叔父说。"你住在潮安栈么？我这一两天如果得空暇，便到你那边坐坐去。现在要对不住了，我刚有一件事要做，要出街去。请了！请了！对不住！对不住！"他说罢向他点着头，不慌不忙地坐着人力车出去了。

"糟糕！糟糕一大场！完了！干吗？哼！"之菲昏沉沉地走

出金店，不禁这么想着。

街上的电车，汽车，马车，牛车，"猡厘"，人力车，依旧是翻着，滚着。他眼前一阵一阵发黑，拖着倦了的脚步，不知道在这儿将怎样生活下去，不知道要是离开这儿又将到那儿去，到那儿去又将怎样生活下去。

"玄之又玄，众妙之门。这时需要点玄学了，哼！"他自己嘲笑着自己地走回潮安栈去。

黄大厚诸人已到沙拉越去。他独自个人坐在七号房中，故意把门关住，把电灯扭亮，在一种隔绝的，感伤的，消沉的，凄怨的，失望的复杂情绪中，他现出一阵苦笑来。

"生活从此却渐渐美丽了！这样流浪，这样流浪多么有文学的趣味！现在尚馀七八块钱的旅费，每天在这客栈连食饭开销一元五角。五天：五元，五五二块五，七元五角。索性就在这儿再住五天。以后么？他妈的！'天上一只鸟，地下一条虫！''君看长安道，忽有饿死官！'以后吗？发财不敢必，饿死总是不会的！玄学，玄学，在这个地方科学不能解决的，只好待玄学来解决了！——不过，玄学不玄学，我总要解决我的吃饭问题。今天的报纸不是登载着许多处学校要聘请教员吗？教国语的，教音乐的，教体操，图画的，教国文的，无论那一科都是需要人才。索性破费几角银邮费，凡要请教员的地方，都写一封信去自荐。在这儿教书的用不着中小学毕业，难道大学毕业的我不能在这里的教育界混混么？好的！好的！这一定是个很好的办法！不过这儿的党部统统勾结当地政府，他们拿获同志的本事真高强。现在 K 国府明令海内外通缉的我，关于这一层倒要注意。教书大概是不怕的，我可以改名易姓，暂时混混几个月。等到给人家识破时，设法逃走，未为晚也。名字要做个绝对无危险性的才好。——'孙好古'，好，我的姓名便叫作孙好古吧！'好古'两字好极了，可以表示出一位纯儒的身分来！但'孙'字仍有些不妥！孙中山大革命领袖是姓孙的，我这小猢狲也姓孙起来不是有点革命党人的嫌疑吗？不如姓黄吧！但姓黄的有了黄兴，也是不要，也是不妥！唉！在这林林总总的人丛中，百无成就的我，索性姓'林'起来，吧。好！姓林好！我的姓名便叫林好古！

"退一步说，假如教书不成功，我便怎样办呢？呵，呵，可以卖文。今天《国民日报》的学艺栏中分明登载着征文小启，每千字一元至三元。好，不能教书，便卖文也是一个好办法。卖文好！卖文好！卖文比较的自由！"他越想越觉得有把握，不禁乐起来了。只是过了一会，他想起这些征求教员和征文的话头都是骗人的勾当，他不禁又是消沉下去。这儿的情形他是知道一点的，虽然从前并未来过。教员是物色定了，才在报端上虚张声势去瞎征求一番，这已是新嘉坡华人教育界的习惯法了。大概这用不着怀疑，教书这一层他是可以用不着希望的。卖文呢，那更糟糕了，便退一百步说，征文的内幕都是透亮的，他的文章中选了，但卖文的习惯法，大约是要到明年这个时候才拿得到稿费的。仅有五天旅费的他，要待到那个时候去拿稿费，连骨头都朽了！

他再想其次，到店里头当小伙计去吧。中英文俱通，干才也还可以，大概每月十元或二十元的月薪是可以办到的。但，这也是废话，没有人相识，那个人要他？到街上拉车去吧，这事倒有趣。但对于拉车的艺术，一时又学不到，而且各种手续又不知怎样进行。

"完了！完了！糟糕！糟糕一大场！"他叹息着，呆呆地望着灯光出神。

一九

——深黑幽沉的夜，

深黑幽沉的土人，

在十字街头茂密的树下，

现出一段黑的神秘的光。

黑夜般的新嘉坡岛上的土人啊！

你们夏夜般幽静的神态，

晓风梳长林般安闲的步趋，

恍惚间令我把你们误认作神话里的人物！

在你们深潭般的眼睛里闪耀着的，

是深不可测的神秘！

家国么？社会么？

你们老早已经遗弃着了。

人类中智慧的先觉啊，

你袒胸跣足的土人！

宇宙间神秘的结晶啊，

你闪着星光的黑夜！

时候已是盛夏六月了，之菲来新嘉坡已是十几天了。他在潮安栈住了两天，即由若真的叔父——他的名字叫陈松寿，之菲和他晤面几次后才知道的——介绍他到海山街×公馆去住。住宿可以揩油免费，他所馀的几块钱旅费，每天吃几碗番薯粥过日，倒也觉得清闲自在。

这晚，他独自个人在这街头踱来踱去。大腹的商人，高鼻的西洋人，他在C城看惯了，倒不觉得有什么值得注意的地方。最令他觉到有浓厚的趣味的是那些新嘉坡土人。他们一个个都是黑脸膛，黑发毛，红嘴唇，雪白的牙齿，时时在伸卷着的红舌，有颜色的围巾，白色——这色最圣洁，他色也有——的披巾。行路时飘飘然，翔翔然，眼望星月，耳听号风，大有仙意。在灯光凄暗，夜色幽沉的十字街头，椰树荫成一团漆黑，星眼暗窥着紧闭着的云幕，披发跣足的土人幽幽地来往，令他十分感动。他沉默地徘徊了一会，便吟成上面那首新诗。

过了不到五分钟，他又觉得无聊。他想起这班羔羊被吞噬着，被压迫着的苦楚，又不禁在替他们可怜了！

他们过的差不多是一种原人生活，倦了便在柔茸的草原上睡，热了便在茂密的树荫下纳凉，渴了便饮着河水，饥了便有各种土产供他们食饱。他们乐天安命，绝少苦恼，本来真是值得羡慕的。但，狠心的帝国主义者，用强力占据这片乐土，用海陆军的力量，极力镇压着他们背叛的心理。把他们的草原，建筑洋楼；把他们的树荫，开办工厂；把他们的生产品收买；把他们一切生死的权限操纵。

　　他们的善良的灵魂怎抵挡得帝国主义的大炮巨舰！他们的
和平的乐园怎抵挡得虎狼纵横占据！唉！可怜的新嘉坡土人，
他们的好梦未醒，而昔日神仙似的生活，现在已变成镣枷满身
的奴隶人了！

　　过了一会，他很疲倦，便走回他的寓所去了。

　　这寓所是个公馆。地位是在一座大洋楼的二层楼向街的一
个房中。馆内有几种赌具——荷兰牌，扑克，麻雀牌。赌徒每
晚光降的时常都在七八人以上。馆的"头佬"是个胖子，姓吴
名大发，说话很漂亮，神情有点像戏台上的小丑；年约三十岁
左右，在洋行办事，兼替华人商家把货名译成英文送关（华商
办进出口货，必需列货单呈海关纳税，单上货名统要由中国名
译成英文）。据他自己说，他每月有五百元进款。他不过在英
文夜校读过九个月的英文，他常为他自己的过人的聪明和异样
的程度所惊异。他时不时这样说：

　　"哼！不是我夸口，我的 English（英文）的程度，在这新
嘉坡读'九号'英文毕业的也赶我不上！哼！他们只管读英文
的诗歌小说，和学习什么做文章，这有什么用处？new words
（生字）最要紧！一切货物名字的各个 new words 能够记得起，
才算本事！才能赚到人家的钱呢！"

　　照他的意思，读英文的，除记起货物的名字的生字外，更
无其他法门。关于做人的办法，他亦觉得很简单。他时常说：

　　"中国人不可不学习英文！学习英文不可不记起 new
words（生字），把 new words 记得多了，不可不替洋人办事！"

　　他很快乐，他觉得他所有的行动和说话，完全是再对没有

的。他是这公馆中的领袖，一切银钱大计，嫖赌机宜，有什么
纠纷时，都要听他解决。每每一语破的，众难皆息！

他很少来公馆，大约是几天来过一次的。他对之菲——他
们叫他做林好古——很客气，不过也不大高兴打理他。他和松
寿有点交情，松寿把他介绍给他。他算是之菲的恩主。他时常
蹙着额对着之菲说：

"好古先生，不是兄弟看不起你们这班大学生，但你们这
班大学生只晓得读死书，不晓得做活事，这真有点不可以为
训！哼！你在大学时如果留心记着 new words（生字），现在
来到新嘉坡不愁没饭吃了！"

对着一切事件他未尝和人家讨论过，便下着结论。因为他
说的话，总是对的！

他有一个表弟名叫陈为利的，年纪很轻，身材很小，脸孔
有点像猫头鹰的，白天总在这儿学习英文。他对他很满意，很
赞赏。因为他很是能够记起生字的。他自朝至暮不做别的工
作，都在把他的表兄钦赠给他的几张华英对照的货物单练习
着，练习着。什么鸡蛋＝egg，碎米＝broken rice，麦粉＝
flour，鱼＝fish……这一类的生字，镇日地写着，念着。据说
这几张货物单，新嘉坡岛上没有第二人能够比得上吴大发填得
这样精密！

赌徒而且每晚都和之菲一处在楼板上睡觉的，有三人。第
一位名叫林大爷，洋行伙计，年约四十，矮肥精悍，鼻低，额
微凸，口小。此人在赌徒中，最慷慨，最骄傲，嗜嫖若命！第
二位名叫蔡老师（不知道前清是否有点功名，人人都称他做老

师），年约三十馀，秀雅温存，鼻特别大些，眼很灵活，行路时背有点驼。此人比较谨慎，拘滞，谦下，嗜嫖若命！第三位名叫程阿顺，洋行伙计，现已失业。他完全是个不顾生命的嫖客。年纪三十左右，样子漂亮，可惜嘴唇太突，眼睛太小。他为嫖而牺牲他的位置，为嫖而牺牲他的健康，但他现在仍积极地在嫖着。他的那个最要好的妓女像一只腊鸭一样，时常到×公馆来和他吊膀子，真是令人一见发呕。此时有时来住有时不来住的赌客还有几位。第一个有趣的名叫陈大鼻，此人年约四十，面色灰白，腰曲，说话时上气接不得下气。有时一句话他只说一两个字，以下的他便忘记说下去。还有名叫"田鸡"的，行动时酷似田鸡。名叫"九桐子"的，是个麻子。

这班人除程阿顺日里也在馆里高卧不起外，馀的概在黄昏六七时以后才来馆里集齐。由六七时赌起，赌到十一时左右便散会。散会后便一齐到妓馆去，一直到深夜两三时才回来，这是他们的日常功课。

之菲便在这群人中间混杂着生活下去。这真有点不类，有时他自己真觉得有点惊异，但大体上他也觉得没有好大的不安。

这晚，他拖着倦步回来，他们正在赌着荷兰牌。他们并不问讯他一声，由他自来自去。关于这点，他觉得多少方便，因为彼此可以省些多少不安的情绪。

他们心目中的"林好古"，是个从乡村新出来谋生活的后生小子，是个可供驱使的杂役。他们有时叫他去为他们买香烟，泡"沽俾牛乳"，这后生小子都是很殷勤地应声而往。

　　程阿顺的"老契"那像腊鸭般的妓女也很看不起他。她日日来公馆和程阿顺大嬲特嬲，但未尝向他说一句话。她向他说话时只是说："去！去！替我买一包白点烟来！"

　　这真有点令他觉得太难堪了！

　　但，在过着逃亡生活的他，只得在这个藏污纳垢的场中生活下去。

二〇

　　漆木街××金店里的伙计名叫陈仰山的，这两天时时到公馆里来访他。他已经得到陈松寿的同意，把陈若真住在那里的消息报告给他。

　　这晚，大约是七时前后，他到公馆来带之菲一道探陈若真去。他年约二十七八岁，带着几分女性，说话时声音柔而细。态度很拘谨，镇定。普通人的身材，鼻端有几点斑点，眼睛不光亮，口很美，笑时像女人一样。这人，政治上的见解很明了，他同情于 W 地的政府而攻击 N 地的政府为反革命派。但他没有胆量，所以他不敢有所表示。

　　经过了十分钟的电车，四五十分钟的"猡厘"，初时只见电灯照耀着的市街一列一列地向后走，继之便是两旁的草原不断地溃退。最后开始看见周围幽郁的高林浴着冷月寒星之光，海浪般的向后面追逐。在万树葱茏，幽香发自树叶的山冈马路上，他们在那宽可容五六人的小电车"猡厘"车内喊着一声，

"Glax!"那车便停住一会，给他们下车，便即由那始终站在"猡厘"后面的 boy 喊一声："Goo wit!"那车照旧如飞地奔驶去了。

这是新嘉坡"顶山"第四块"石"的地方。他们下车后，仰山便幽幽地向着之菲说：

"这里的路很难行，我在前面走着，你跟在后面，要留心些！"

说着，他便走进丛林去，之菲紧紧地跟在他的后面。丛林里山坡高下，细草柔茸，月光窥进茂密的树荫下，有些照得到的地方，十分闪亮，有些照不到的地方，仍然浓黑可怖。他们踏着一条屡经人们踩躏，草不能生的宽不到半尺的小径曲折前进。不一会，一座荒广的园便横在他们的面前了。

这园完全在乳白色的月光中浸浴着。幽静的，优雅的，清深的，隐闭着的景况，正如画景一样。它像陶渊明所赞美的桃花源一样地遗世脱俗，它像柳子厚所描写的游记一样地幽邃峭怆。这园外用木片钉成一门，这时已是锁着。园内有一株魁梧的大树，枝干四蔽，小树浅草，更是随地点缀。距离园门不到五十步远，隐隐间可以看见灯光闪闪，屋瓦朦胧。仰山望着之菲说：

"这儿是一个朋友的住家，若真先生是暂时在这儿借宿的。"

他幽幽地敲着门，用平匀的声音叫着：

"七嫂——七嫂——七嫂——来开门——来开门——来开门——"

差不多叫了几十声，才听见内面一个妇人的声音答应一声，"来!"倏时间便见一个三十馀岁妇人，幽幽地走到门边来，她一面和仰山说话，一面把门开了。仰山向着之菲说：

"你在这儿少等一忽。"

说着他便和那妇人进去了。

之菲独自个人站在园门外，看着这满目蔚蓝的景色，听着一两声无力的虫声，想象着片刻间便可晤见同在患难中的若真的情境，觉得更是有趣。

"流亡! 流亡! 有意义的流亡! 满着诗趣的流亡!"他对着在地的短短的人影摇着头赞叹着。这时他忽又想起曼曼来。他觉得唇上一阵阵灼热，胸次一阵阵痒痛，心中一阵阵难过。

"要是曼曼这时在我的怀上啊! ——唉!"他自语着对这地上冷清清的，短短的人影，又禁不得可怜起来了。

"之菲哥，进来啊!"陈若真巅巍巍地站在树荫下声唤着。

他脸儿尚馀红热，从沉思之海醒回地走进园去，和他握手。这一握手，表示着无限感慨，无限亲热。陈若真叫那仰山到房里冲两杯牛乳去。他们两人便坐在树干上谈着，谈着。

陈若真说：

"之菲哥! 自从在 H 港你被捕入狱之后，我们都分头逃走! 我于翌日即搭船来新嘉坡，他们——那些所谓忠实分子! ——已经知道这个消息，打电报到这里来，买嘱当地政府拿我! 我已经先有戒备，用钱买通船里的'大伙'，到岸时给我藏匿起来。等到他们扑了一个空回去，我才逃走!"说到这里，他探首四望，见无动静，便又说下去："咳! 我到此地时，一点子活动都不可能！这里的同志被驱逐出境的有三百馀人，秘密机关大多数被破获！我现时不敢住在这里，我藏匿着在离开这里尚有一日路程的×埠。在那儿我假做一个营业失败的商人，日日和那边的人们干些赌钱和饮酒的勾当，竭力地掩饰我的行为。现在我穷得要命，一筹莫展，真是糟糕啊！"他说完时，表示出非常懊丧的样子。

这时，仰山已把牛乳拿来，他们每人饮干一杯，暂时休息着。

这时，一片浓云遮着月光，大地上顿形黑暗。但在这黑暗里，仍然模糊地可以看见他俩的形像。陈若真的高大的躯体，并不因忧患减去他的魁梧；沈之菲的清瘦的面庞，却着实因流亡增加几分苍老。

他们间像有许多话要说，一时间却又说不得许多来。

"你的嫂夫人呢？"之菲问。

"她已从 H 港回家去了！"若真答。

"曼曼呢？"他随着问。

"她现在大概是在家中哩！"之菲答。

"我们到房里坐坐去吧！"若真说，他挽着之菲的手，同仰山一路走到他的房里去。

他的卧房，离这株大树尚有数十步远。房为木板钉成，陈设颇简陋。一床一榻之外，别无长物。房隔壁是一座大厅，鸭声呷，呷，呷地叫着。这园的主人大概是畜鸭的吧。

若真大概是已经给几个月来的险恶的现象吓昏了，他的神经的确有些变态，只要窗外有几片落叶声，或者是蛇爬声，或者是犬吠声，足声，都要使他停了十几分钟不敢说话，面上变色。他必须叫仰山到室外考察一会，见无什么不幸的事的痕迹发生，他才敢说下去。

"我们设法到槟榔屿极乐寺做和尚去吧！"他很诚恳地向着之菲说。"现在的局面这么坏，人心这么险恶，我辈已是失去奋斗的根据地。最好还是能够做一年半载和尚，安静安静一下！"

之菲对他的学说极赞成，但结论是无钱的不能做和尚，更不能做极乐寺的和尚。只好把这个念头打消了。

关于之菲混杂着在海山街×公馆这一点，陈若真极为耽心。他说那里人品复杂，包探出入其间，他时时刻刻有被捕获的危险。最后的结论，他写一封信介绍他到十八溪曲×号酒店去住宿和借些零用钱去。据他说，这店里的老板和他是个生死之交，去寻他投宿，是十二分有把握的。

他们再谈论了一会，大约晚上十时左右，之菲便辞别他独自个人回去。在山冈的马路上，两旁都是黑森森的茂林，时不时有几声狗吠。他踏着他那短短的影，很傲岸地，很冷寂地，很忧郁地，很奇特地在行着。对于现在这种情形是苦痛还是快乐，是有意义还是不值一文钱，他不能够知道，他也不想知道。他只是像一片木头，一块顽石，很机械地在生活着。他失去他的锐敏的感觉，他失去他的丰富的想象，他失去他的优美的情绪。

他决意不再思想，不再追逐什么，不再把美丽的希望来欺骗他自己。

"生活便是生活。生活有意义也好，无意义也好，但，生活下去吧！革命是什么东西，说他坏也可以，说他不坏也未尝不可以。到不得不革命时，便革命下去吧！

"咳！你这可鄙的亡命之徒！咳！你这可赞颂的亡命之徒！"他在辽远的道路上，对着他自己的人影叹息着。……

二一

这日清晨，太阳光如女人的笑脸似的，夸耀着的，把它的光线放射着在向阳的街上。它照过了高高的灰色的屋顶，照着各商号的高挂着的招牌，照着此处彼处的发光的茂密的树，它把一种新鲜的，活泼的，美丽的，有生命的气象给与全新嘉坡的灰色的市上。

之菲也和一般人一样，在这恩赐的，慈惠的日光下生活；但他的袋里已经没有一文钱。对于商人的豪情，慷慨，布施的各种幻象，在他的脑上早已经消灭。

但，因为若真这封介绍信的缘故，他自己以为或许也有相当的希望。他把他平日的骄傲的，看不起商人的感情稍为压制一下。

"商人大概是诚实的，拘谨的，良善的俗人，我们只要有方法对待他们大概是不会遭拒绝的吧。我们在他们的面前先要混账巴结一场，其次说及我们现在的身份之高，不过偶然地，暂时地手上不充裕，最后和他们约定限期加倍利息算还，这样大概是不遭拒绝的吧！"

他这样想着，暂时为他这种或然的结论所鼓舞着。他从公馆里走到街上，一直地走向那商店的所在地去。他忽然感到耻辱，他觉得这无异向商家乞怜。他想起商家的种种丑态和种种卑污龌龊的行动来。他们一例的都是向有钱有势的混账巴结，向无钱无势的尽量糟蹋。他有点脸红耳热，心跳也急起来了。

"是的，自己'热热的脸皮，不能去亲人家冷冷的屁股！'我不能忍受这种耻辱！我不能向这班人乞怜！"他自己向着自己说，一种愤恨的心理使他转头行了几步。眼睛里火一般的燃烧着。跟着第二种推想开始地又在他脑里闪现。

"少年气盛，这也有点不对。既有这封介绍信，我便应该去尝试一下。该老板既和革命家陈若真是个生死之交，也说不定是个轻财重义的家伙，应该尝试去吧。少年气盛，这有时也很害事的。"

大概是因为囊空如洗，袋里不名一文的缘故。他自己推想的结果，还是踏着不愿意踏的脚步，缓缓地走向那商店的所在地去。

十八溪曲的×店距离海山街不到两里路的光景。借问了几个路人，把方向弄清楚，片刻间他便发现他自己是站在这×店门前了。经过了一瞬间的踌躇，他终于自己鼓励着自己地走进去。

这店是朝南向溪的一间酒店，面积两丈宽广，四丈来深。两壁挂着许多的酒樽。店里的一个小伙计这时一眼看见之菲，便很注意地用眼钉住他。

"什么事？先生！"那伙计向着他说，他是个营养不良，青白色脸的中年人。

"找这里的老板坐谈的，我这里有一封信递给他。"之菲低气柔声说，他即刻便有一种被凌辱的预感。

这伙计把他手里的信拿过去递给坐在柜头的胖子。那胖子把信撕开，读了一会便望着之菲说：

"你便是林好古先生么？"

"不敢当，兄弟便是林好古。"之菲答。他看见他那种倨傲无礼的态度，心中有些发怒了。

"请坐！请坐！"他下意识似地望也不望他地喊着。他的近视的眼，无表情而呆板，滞涩的脸全部埋在信里面。他像入定，他像把信里的每一个字用算盘在算他的重量和所包涵的意义。

之菲觉得有无限的愤怒和耻辱了，他觉得自己的地位完全是站在一种被审判的地位。

经过了一个很长久的时间，那肥胖的，臃肿的，全无表情的，陈若真的生死之交的那老板用着滞重的，冷酷的，嘶哑的声音说：

"林先生，好！好！很好！请你过几天得空时前来指教，指教吧！"

"好！好！"之菲说。这时候，他全不觉得愤怒，倒觉得有点滑稽了。"那封信请你拿过来吧！"

那商人便把那封信得救似地递还给他。

他把信拿过手来，连头也不点一点地便走出去。那封信是这样写着：

> 竹圃我兄有道：半载阔别，梦想为劳！弟自归国，叠遭厄境。现决闭户忏悔，不问世事矣。
>
> 林兄好古，弟之挚友，因不堪故国变乱，决之南洋。特函介绍，希我兄妥为接待。另渠此次出游，资斧缺乏，一切零用及食宿各项，统望推爱，妥为安置。所费若干，希函示知，弟自当从速筹还也。辱在知己，故敢以此相托。我兄素日慷慨，想不至靳此区区也。馀不尽，专此敬请道安。
>
> 弟陈若真上

他冷笑着，把这封信撕成碎片，掷入街上的水沟里去。

"糟糕！糟糕！上当！上当！出了一场丑，惹了一场没趣。今早还是不来好！还是不来好！现在腹中又饿，——唉！过流亡的生活真是不容易！"

袋中依旧没有钱，腹中的生理作用并不因此停止。他一急，眼前一阵阵黑！陈松寿方面，他前日写了一封信给他，和他借钱，他连答复都没有。陈若真方面，他自己说他穷得要命，怎好向他要钱。这慷慨的竹圃先生方面，啊！那便是死给他看，他还不施舍一些什么！教书方面，卖文方面：都尝试了，但希望敌不过事实，终归失败。

"难道，当真在这儿饿死吗？"他很悲伤地说，不禁长叹一声。

这时候，街上拥挤得很厉害；贫的，富的，肥的，瘦的，雅的，丑的，男的，女的，遍地皆是。但，他们都和他没有关

系，他不能向他们中间任何一个人借到一文钱。他很感到疲
倦，失望，无可奈何地踏着沉重的脚步，一步一步地走回他的
寓所去。

在寓所里，他见状似猫头鹰的陈为利在那儿练习英文生
字：broken rice＝碎米，fish＝鱼，bread＝面包，flour＝麦
粉，egg＝鸡蛋；……他见之菲回来，便打着新嘉坡口音的英
文问着他：

"Mr. Lin, where do you go?"（林先生，到那里去？）

"我跑了一回街，很无聊地回来！"之菲用中国话答。

他梳理着他的行装，见里面有一套洋服，心中一动，恍惚
遇见救星一般了。

"把它拿到当铺里去，最少可以当得十块八块。我这套洋
服做时要三四十块钱，难道不能当得四分之一的价钱吗？"他
这样地想着，即刻决定了。

他揖别了陈为利，袖着那套洋服，一口气走到隔离海山街
不远的一家字号叫"大同"的当铺去。

他在大学时，和当铺发生关系的次数已经甚多。但那时候
都是使着校里的杂役去接洽。自己走到当铺里面去，这一回是
他平生的第一次。他觉得羞涩，惭愧，同时却又觉得痛快，舒
适。当他走进当铺里时，完全被一种复杂的心绪支配着。时间
越久，他的不快的心理一步一步占胜，他简直觉得苦闷极了。

当铺里很秽湿，而且时有一种霉了的臭气，一种不健康
的，幽沉的，无生气的，令人闷损的景象，当他第一步踏进它
的户限时即被袭击着。当铺里的伙计们，一个个的表情都是狡

猾的，欺诈的，不健康的，令人一见便不快意的。

他非常的苦闷，几乎掉转头走出来；但为保持他的镇静起见，终于机械地，发昏地，下意识地把那套包着的洋服递给他们。

一个麻面的，独目的，凶狠的，三十馀岁的伙计即时把那包洋服接住。他用着糟蹋的，不屑的，迁怒似的神情检查着那套洋服。他口里喃喃有词，眼睛里简直发火了，把那包洋服一丢，丢到之菲的面前，大声地叱着：

"这是烂的！我们不要！"

"这分明是一套新的，你说烂，烂在那个地方？"之菲说，他又是愤怒，又是着急。

"这是不值钱的！"他说时态度完全是藐视的，欺压的，玩弄的了。

他觉得异常愤恨，这分明是一种凌辱，也大声地叱着他说：

"混账东西，不要便罢，你的态度多么凶狠啊！"这几句话从他的口里溜出后，他心中觉得舒适许多。他拿着那包洋服待走出去。那麻面的伙计说：

"最多一元五角，愿意便留下吧！"本来经过这场耻辱和得到这个出他意外的低价，他当然是不能答应的。但，他恐怕到第二家去又要受到意外的波折，只得答应他。

一会儿，他揖别他同经患难很久的那套洋服，手里拿到一元五角新嘉坡纸币在街上走着。心头茫茫然，神经有点混乱，眼里涨满着血，手足觉得痒痒地只想和人家寻仇决斗。此后将怎样生活下去，他自己也不复想起这个问题！混乱的，憔悴的，冒失的，满着犯罪的倾向的他在街上走着，走着，无目的地走着！

　　大海一般的群众里面，混杂着这么一个神经质的，无家无国的浪人，倒也不见得有什么特异的地方。

二 二

　　这是在他将离去新嘉坡到暹罗去的前一夕。这时他站在临海的公园里欣赏惊人的美景。正当斜阳在放射它的最后的光辉时候，壮阔，流动，雄健的光之波使他十分感动。他尝把太阳光象征着人的一生：朝日是清新的，稚气的，美丽的，还有一点朦胧的，比较软弱的，这可以象征着少年。午间的太阳，傲然照遍万方，立在天的最高处，发号司令，威炎可畏，这可以象征着有权位的中年。傍晚的斜阳，遍身浴着战场归来的血光，虽有点疲倦，退却，但仍不失它的悲壮和最后的奋斗，这可以象征着晚年。这时候这斜阳，他觉得尤其美丽。或许是因为有万树棕榈做它的背境，或许是因为有细浪轻跃的大海为它衬托，或许是因为有丰富秀美的草原，媚绿冶红的繁花和它照映，他不能解释；但他的确认识这晚这斜阳是最美丽的，是他从前尚未在任何地方欣赏过的斜阳。

　　新嘉坡临海的这个公园，绕着海边，长约五百丈，广约一百丈。公园中间，有一条通汽车的路，傍晚坐汽车到这里兜风的，足有一万架。汽车中坐着的大都是情男情女，情夫情妇。临海这边，彼处此处，疏疏落落的点缀着几株棕榈。浅草平滑如毡，鸡冠花，美人蕉杂植其间。在繁花密叶处，高耸着一座纪念碑，题为 Our glorious Dead（我们光荣的死者），两旁竖着短牌，用新嘉坡文及华文写着游客到此须脱帽致敬礼的话。

距海稍远的那边，有足球场，棒球场，四围植着茂密的树，成为天然的篱笆。

晚上在这草地坐着的，卧着的，行着的人们，如蚁一般众多。这里好像是个透气的树胶管，给全市闷住的市民换一口气得一些新生机的地方似的。

在这嚣杂的群众里面，在这美丽的公园中的之菲，这时正在凝望斜阳，作着他别去新嘉坡的计划。全新嘉坡没有一个人令他觉得有留恋之必要，令他觉得有点黯然魂销的必要。令他觉得有无限情深的，只是这在斜阳凄照下脉脉无语的公园。

由新嘉坡到暹罗的轮船的三等舱船票要不到十元。这笔款他已经从陈若真处和一个邂逅相遇的老同学处借到。他明日便可离开这里动身到暹罗去。

转瞬间，他到这儿来已有十馀天了；一点革命的工作都不能做到，一点谋生藏身的职业都寻找不到。他离开这里的决心便在这样状况下决定了。

他踽踽独行，大有"老大飘零人不识"之意。过了一会，斜阳西沉，皓月东上。满园月色花影，益加幽邃有趣。在一株十丈来高的棕榈树下的草地上他坐下了。瘦瘦的人影和着狭长的棕榈树影叠在一处。灯光，月光，星光交映的树荫下；幽洗，朦胧，迷幻，像轻纱罩着！像碧琉璃罩着！

"唉！这回不致在这新嘉坡岛上作饿殍真是侥幸啊！"他这样叹息着，不禁毛骨悚然。

"要不是在绝境中遇见老同学 T 君的救济，真是不堪设想了！"他这时的思潮全部集中在想念 T 君上。

T 君是个特别瘦长得可怜的青年，他的年纪约莫廿七八岁，他的浑号叫做"竹竿鬼"。其实，比他做竹竿固然有点太过，但比他做原野间吓鸟的"稻草人"那就无微不似的了。他的面部极细，他的声音也是极细；他说话时，好像不用嘴唇而用喉咙似的。但他的同情心，却并不因此而瘦小，反比肥胖的人们广大至恒河沙数倍。他在 T 县 G 中学和之菲同学是十年前的事。他来新嘉坡××学校当国文、算学两科的教员，也已有两三年了。

之菲和他相遇的时候，是在他到巴萨吃饭去的一个灯光璀璨的晚上。T 君那时候正和三位同事到××球场看人家赛球回来，也在那里吃饭。之菲用着怀疑的，自己不信任自己的眼光把他考察一会，终于在惊讶之中和他握手了。他同事的三人中，有两位也是他的同学，他们都各自惊喜地握着手。

他们的生活很好，每月都有月薪八十元。新嘉坡教书的生活真好，教小学的每年也有一千元薪金，不过，那些资本家对待这些教员好像对待小伙计一样（新嘉坡华人学校大都由资本家筹资创办，校长教员都由他们的喜怒以为进退），任意糟蹋，未免有点太难以为情罢了。

T 君的父亲和之菲的父亲算是很好的朋友。他们算是世交，故此他对之菲差不多是用一种再好没有的态度去对待他。他很明白这次党争的意义，对于之菲，具有相当的同情。当之菲为饥饿压迫，减去他一向的高傲性，忍着羞涩的不安的情绪走去和他借钱时，他便慷慨地借给他十元。

"唉！不是绝处逢生，遇着慷慨的 T 君，真是糟糕一大场了！"他依旧叹息着。

这时大约是晚上九点钟了，他留连着不忍便归。在一种诗意的，幻想的，迷梦的境界中，他有点陶醉。虽说他的现实是这么险恶，但他的希望又开始地在蛊惑他了。

"到暹罗去，那儿相识多，当地政府压迫没有这般的厉害，或许还可以做一点事！退一步说，便算在那儿也须过着一种藏匿的生活，但那儿有关系极深的同乡人的店户可以歇足，饿死这一层一定不用顾虑的。到暹罗去！好！到暹罗去！好！我一早便应该不来这里，跑到暹罗去才是！"

他似乎很愉快了，好像是由窒闷的，幽暗的，霉臭的，不通气的坟墓里凿开一个通风透明的小孔一样！光明在他面前闪耀着，他觉得有了出路了。他全身的力量是恢复了，他失去了的勇气也一概恢复了，他觉得他的血依旧在沸着。他显然是有了生气了。

"前进，前进。跑，跑，从这里跑到那里，从此处跑到彼处，一刻不要停止，一刻不要苦闷。动着，动着，动着，全身心，全灵魂，全生命地动着，动着。只要血管里还有一点血，筋骨里还有一点力时，总要永远地前进，永远地向前跑，跑，跑，向前跑去。我不忍我的灵魂堕落，我终于不忍屈服在父亲，母亲，旧社会，旧势力的下面而生存，我必须依照我的意志做去!"在夜色微茫中，他挺直身子，吐了几口郁气，向着自己鼓励着。

过了一会，他的瘦长的影离开这公园渐渐地远，他终于沉没在黑暗的市街里去。

二三

由新嘉坡到暹罗的货船名叫 PF 的，今早在搁势浅（搁势浅离暹京只有几点钟水程，此间海浅，须待潮水涨时，船才能驶进）开驶，不一会便可到埠了。

这船里的搭客仅有四人，一个将近二百八十磅重的五十馀岁的老人，一个穿着左肩破了一个大孔的工人模样的青年，一个是不服水土，得了脚气病，金银色脸的三十馀岁的病客，第四个便是沈之菲。

由新嘉坡到暹罗本可以搭火车，但车资最低要三四十元；其次有专载客的轮船，船票费也须十馀元，最下贱的便搭这种货船，船票仅费六元。

搭这种货船的可以说是很苦：第一，船里的伙计可以随便糟踏着搭客，因为他们是载货的，所以把这些搭客也看做无灵性的货物一般可以任意践踏！第二，这些伙计们对待搭客显然有如主人对待仆人，恩人对待受恩者一样。唯一的理由是因为他们为着慈悲心的缘故，才把这些搭客载了这么远的路程，在这么远的路程中，压迫，凌辱，轻视，糟蹋，这算不得怎么一回事。因为搭客中如有不愿意受这种待遇的，可以随便地跳下海去，他们大概是不大干涉的。

根据这两种理由，在这货船中四五天的生活，简直可以说是一种奴隶的生活。吃饭时要受叱责，洗面、洗身时也要受叱责。

但，没有钱时一切恶意的待遇，和一切没理性的蹂躏大都是能够忍受的。素日十分高傲的之菲，居然也在这样的货船中受到五天的屈辱，并且更无跳下海的意思。他大概也是和一般穷人一样，不会因为他曾经受过高等教育和读过几句尼采的哲学和拜伦的诗，便可以证明是两样。

那二百八十磅重量的老人，在四人中所受的待遇算是最优。因为他生得身体结实，目光灼灼如火，声如破钵，这些伙计们委实不敢小视他，他们责问他时也比较有礼貌些。最吃亏的是那个有脚气病的病客，其次便是那披着破衫的工人，其次便是沈之菲。

那脚气病的搭客上船时险些给他们丢下大海去，他们或许没有这种用意，但他们确有这种威吓的气势。船开行后，因为天气过热的缘故，他从冷水管中抽出一桶水去洗身，恰好被那个跛着足的伙计看见。他大声叱着：

"做什么？"

"兄弟热得难耐了。施恩些，施恩些，给兄弟洗一回身总可以罢！"

"哼！连搭客都要弄水洗身！我们船里的水是自己都不够

用的！"

"兄弟不洗身恐怕病起来了，就请施恩，施恩吧！"

"哼！你一定不可以！"

"啊！我们来搭船是有钱买船票的！我想你先生不能这样糟蹋人！"

"你妈的！谁稀罕你的钱，你的钱，你的钱！你比街上的乞丐还要富些！我说不可以，便不可以！你妈的！你敢和我斗嘴吗？哼！哼！"

"不是兄弟敢和你斗嘴，实在是火热难挨啊！施恩些，施恩些，兄弟自然知情的啊！"

"哼！你妈的！洗你妈的身！洗去罢！洗去罢！哼！哼！"

他叱骂了一会，觉得十分满足，便自去了。

受着同样待遇的之菲，自然有些受不惯。但这有什么，现在船已由搁势浅开驶，再过几个钟头便可到埠了。

"梦境，这风景多美！"

"我们可以想象，仙人们一定常到这里来！"

之菲这时凭着船栏，对着两岸的风景出了一回神，不禁这样喊着。他的头发散乱，穿着黑旧遢绸衫裤，状类农家子。

由搁势浅到暹京，人们传说还要经过九十九个弯曲。这九十九弯曲的两岸，尽是佛寺和长年苍翠的槟榔树，棕榈树，椰子树。这些寺和这些树是这么美丽的，新鲜的，令人惊奇的，启人智慧的，开人胸襟的。他们把大海的腥气洗净，把大海的沉闷，抑郁，咆哮，奔波，温柔化了，禅化了，诗意化了。他们给茫茫大海以一种深的安息。

　　如若我们把暹罗国比做一个迷醉的妇人，这儿，是她的眉黛，是她的柔发，是她的青葱的梦，是她的香甜的心的幻影。

　　如果我们把暹罗国比做个道德高广的和尚，这儿，是他的栖息的佛殿，是他的参禅的宝坛，是他的涅槃归去的莲花座。

　　这船不久便到湄南河了，湄南河与海相通，河面上满着青色的石莲，黄衣的和尚，——这些和尚都荡着仅可容膝的独木舟，袒一臂挂着黄色袈裟，一个个在水面浮着，如一阵一阵黄色的鸭。（东坡诗，"春江水暖鸭先知"，此境似之！）一种柔媚，温和，迷醉，浪漫的情调，给长途倦客以无限的慰安。

　　"暹罗，啊！暹罗是这样美丽的！"之菲开始赞叹起来。

　　"差不多到码头了。唉！好了，好了！"二百八十磅重的老人哑着声说，他脸上燃着笑容。

　　"可不是吗？这回准可以不致被丢入大海里饲鱼去了！"病客说，金银色的脸上也耀着光。

　　"出门人真是艰难啊！"穿着破衣的工人若有馀恨地叹息着，他这时正在修理行装。

　　"林先生到埠住客栈去吗？得合兴客栈，我和它的老板熟悉，招呼也不错，和你一同去好吗？出门人俭也是俭不了的；辛苦了几天，到埠去快乐一两天，出出这口气罢！——哟！林先生到暹罗教书的吗？看你的样子很斯文。暹罗这里教书好，一年随便可以弄得一千几百块！——老汉真是没中用的了，在这暹罗行船二十多年，赚到的钱很不少，但现在剩下的却有限！……"老人对着之菲说。

　　"好的，一同到客栈去是很好！"之菲答。

　　船停住了，马马虎虎地被检查了一会，便下船雇艇凑上岸去。最先触着之菲的眼帘使他血沸换不过气的，是一个二十七八岁的妇人裸着上体，全身的肉都像有一种弹性似地正在岸边浴着。她见人时也不脸红，也不羞涩，那美丽的面庞，灵活的眼睛，只表现着一种安静的，贞洁的，优雅的，女性所专有的高傲。

　　"美的暹罗！灵异的暹罗！像童话一样神秘的暹罗！"

　　他望着那妇人一眼，自己的脸倒羞红了。不禁这样赞美着。

　　"林先生，你觉得奇怪吗？这算什么！我们住在山巴的，一天由早到黑都可以看见裸着上体的少女、少妇呢！在山巴！唉，林先生你知道吗？这里的风俗多么坏！但，年纪青的人到这里来是不错的！林先生，你知道吗？像你这么年纪来这里讨个不用钱的老婆是很容易的，林先生，你知道吗？"老人带笑说，他戏谑起之菲来了。

　　"不行，我不行！我又不懂得暹罗话！恐怕靠不住的，还是你老人家啊！"之菲答，他不客气回他一下戏谑。

　　"少不得要承认，我少时也何尝不风流过。实在老了，这些事只好让给你们青年人干。哈！哈！哈！"老人笑着。

　　那位穿着破衣的工人和那位病客都滞留在后面；老人和之菲各坐着黄包车到合兴客栈去。

二四

　　这儿的政治环境，也和新嘉坡一样十分险恶。《莱新日报》的总编辑邓逸生，M党部的特派员林步青、陈子泰都在最近给当地政府拿去监禁。已经被逐出境的也很多。全暹罗国都在反动派的势力之下。他在旅馆住了两天，经过几位同志的劝告，便避到湄南河对岸"越阁梯头"一家他的乡人开办的商店名叫泰兴筏的，藏匿去了。

　　这筏是用木板钉成的，用木柱、红毛泥柱支住在水面上，构造和其他的商店一样。潮水涨时从对岸望去，这座屋好像在河面游泳着一样。潮水退时，又恍惚像个搴裳涉水的怪物一样。湄南河对岸的筏一律如此，住筏上的人都有"Water! Water! Everywhere!"（水，水，到处是水！）的特异感觉。晚上有一种虫声于灯昏人寂时，不住地在叫着，克苦，克苦，克苦，其声凄绝，尤其是这水屋上特有的风味。

　　泰兴筏里的老板名叫沈松，是个三十岁前后的人。他从前尝在乡间教过几年书，后来弃学从商。现在肚皮渐渐凸起，面上渐渐生肉，态度渐渐狡猾，差不多把资本家的坏脾气都学到，虽然他倒还未尝成为资本家。他的颊上有指头一般大的疤痕，嘴唇厚而黑，眼狭隘而张翕有神。他对待之菲是用一种无可奈何的客气，一种讨厌到极点而故意保持着欢迎的神情。

　　筏的"廊主"名沈之厚，年纪三十四岁，眼皮上有个小小的疤痕，长身材，面庞有些瘦削。他是个质直，宽厚，恳挚，迟缓，懦弱的人。他很同情之菲，他对待之菲很好，但他比较上是没有钱的。

他们都是之菲的同乡人，之菲的父亲对他们都是有点恩惠的。故此之菲在这筏中住下去，被逐的危险是不至于会发生的。

之菲度过的童年完全是村野的，质朴的，嬉戏的。他的性格非常爱好天然的，原始的，简陋的，质朴的，幽静的生活。在这种像大禹未开凿河道以前洪水泛滥的上古时代似的木筏上居住，他觉得十分适意。

他的日常的功课是棹着一只独木舟在湄南河中荡着。他对他的功课是这般有恒。不管烈日的刺炙，猛雨的飘洒，狂浪的怒翻；或者是在朦胧的清晨，冥濛的夜晚；他的臂晒赤了，他的脸炙黑了，他只是棹着，棹着，未尝告过一天假！

关于游泳的技能，他颇自信；故此在洪涛怒浪之中，他把着舵，身体居然不动，并没有一丝儿惊恐。在这样的练习中，心领意会，学到许多种和恶势力战斗的方法。他的结论，是冷静，镇定，不怕不耀，便可以镇平一切的祸乱！

我们可以想象到在烟雨笼罩着全江，风波发狠在吞噬着大舟小舟的时候，这流亡者，袒着胸，露着背，一桨一桨用尽全身的气力去和四周围的恶环境争斗，一阵一阵地把浪沫波头打退时，他的心中是怎样的安慰！

有一天，他刚吃完了午饭，正赤日当空，炎蒸万分，他戴着箬笠，袒着上身，穿着一条黑暹绸裤，棹着小舟，顺流而下，在他眼前的总是一种青葱，娴静，富有引诱性的梦幻境。

他一桨一桨追寻下去，浑忘这湄南河究是仙宫还是人间！

　　不一会，他把舟儿棹到河的对岸去。那时，那小舟距离泰兴筏已有两三里路之遥了，他开始从梦幻的境界醒回，觉得把舟棹回原处去，那并不是一回容易的事情！他只得暂时把舟系住在一个码头的红毛泥柱上，作十分钟的休息。河面的风浪本来已经是很大，每经一只汽船驶过时，细浪成沫，浪头咆哮，汹汹涌涌，大有吞噬一切，破坏一切的气势。但他不因此感到惧怯，反因此感到舒适！他出神地在领会他的灵感。他望望悠广的天，望望悠广的河面，觉得爽然，廓然，冥然，穆然，渊然，悠然。他合上眼，调匀着吸息，在舟上假睡一会。耳畔满着涛声，风声，舟子喧哗声，远远传来的市声；他觉得他暂时成了人间的零馀者，世外的闲人。在这种如中酒一般朦胧，如发梦一般迷离的境界里，他不禁大声地歌唱起来。把平日喜欢诵读的诗句，在这儿恣性地拉长声儿唱着。

　　过了一会，他解缆用尽全身气力把船棹回对岸去，因为水流太急，待达到对岸时，那舟又给风浪流下一里路远了。

　　他发狠地棹着，棹着，过了十分钟，看看前进数十步的光景，可是略一休息，又被流到刚才的地位去了。他开始有点心慌。

　　"糟糕！糟糕！几时才能够棹回泰兴筏去呢？"他这样想着。

　　他不敢歇息，一路棹着，棹着，他把两臂的力用完了，继续用着他的身体的力。把身体的力用完了，继续用他的心神的力，生命里蕴藏着的力！他不计疲倦，不计筋骨酸痛，不计气喘汗出，只是棹着，咬着牙根的棹着，低着头的棹着。经过点馀钟的苦斗，他终于安安稳稳地达到他的目的地去。

他到泰兴筏时已是下午四时馀，一种过度的疲劳，令他头部有点发昏，心脏不停地狂跳。他只得走到房里躺下去，死一般地不能动弹。在那种境况中，他觉得满足，他觉得像死一般地舒适。

第二天，他又在骇涛惊浪中做他日常的工作了。

离泰兴筏不远，有一个十分娴静的"越"（佛寺）。那儿有茂密的树，有几只斑皮善吠的狗，有几个长年袒着肩挂着袈裟的和尚，有许多大大小小的塔，有一片给人乘凉的旷地，也是之菲时常到的地方。

暹罗的风俗真奇怪！男人十分之八当和尚，其馀的便都当兵和做官。做生意的和耕田的男人，正如凤毛麟角，全国中寻不出几个来。和尚的地位极高，可以不耕而食，参禅而坐享大福。供给他们这种蛀虫的生活的，是全国的女人，从事生产的事业，对于僧侣有一种极端的迷信和崇奉的结果。

全国的基本教育，也操纵在这般僧人之手。僧人是国里的知识阶级和说教者，僧院内大都附设着启发儿量的知识的学校，由僧人主教。

之菲常到的这个佛寺，里面也附设着学校。当他在那里的长廊坐着看书时，时常看见许多跣足袖书前来上课的儿童。

当他在叶儿无声自落，斑皮狗停吠，日影轻轻掠过树隙，天云渺渺在飞着，院内寂静极，平和极，安定极，自在极，以至有些凄凉的境况中，他也参起禅来，趺跏坐着，身心俱寂。

这时要是有一个外人在那边走过，定会误会他是个道法高广的和尚。

在过着这种生活的之菲，这时，好像变成一个极端个人主义者，悲观主义者。他似乎一点儿也不像一个赤色的革命家，而是个银灰色的诗人，黑褐色的佛教徒了。

二五

在这神异的，怪诞的，浪漫的暹罗国京城流浪着的之菲，日则弄舟湄南河，到佛寺静坐看书，夜则和几个友人到电戏院，伶戏院鬼混。时光溜得很快，恍惚间已是度过十几天了。在这十几天中，他也尝为这儿的女郎的特别袒露的乳部发过十次八次呆。也尝游过茂树阴森，细草柔茸的"皇家田"。也尝攀登"越色局"，眺览暹京满着佛寺的全景。也尝到莱新报馆去和那儿的社长对谈，接受了许多劝他细心匿避的忠告。也尝到一个秘密场所去，听一个被逐的农民报告，说从潮州逃来的同志们，总数竟在万人以上：有的在挑着担卖猪肉，有的在走着街叫喊着卖报纸，有的饥寒交迫，辗转垂毙。

他受着他的良心的谴责，对于太安稳和太灰色的生活又有些忍耐不住！他的奔走呼号，为着革命牺牲的决心又把他全部的心灵占据着。他决意在一两天间别去这馨香迷醉的暹罗，回到革命空气十分紧张的故国 W 地去。

"到 W 地去，多么有意义！在那儿可以见到曙光一线，可以和工农群众站在同一条战线上去，向一切恶势力进攻！在那儿我们可以向民众公开演讲，可以努力造成一队打倒帝国主义者和打倒军阀的劲旅。我的一生不应该在这种浪漫的，灰色的，悲观的，颓唐的，呻吟的生活里葬送！我应该再接再厉，不顾一切地向前跑！我应该为饥寒交迫，辗转垂毙的无产阶级作一员猛将，在枪林炮雨中，在腥风血泊里向敌人猛烈地进攻！把敌人不容情地扑灭！敌人虽强，这时候已是他们罪恶贯盈的时候。全世界被压迫的阶级和被压迫的民族都已渐渐觉悟，不愿再受他们的压迫，凌辱，强奸，蔑灭，糟蹋，渐渐地一齐向他们进攻了！故国这时反动的势力虽然厉害，但我们的势力日长，他们的势力日消，只要我们能够积极奋斗，他们最后终会成为我们的俘虏的。——唉！即退一步说，与其为奴终古，宁可战败而死！去吧，去吧，只要死得有代价，死倒不是一件可怕的事。家庭啊，故国啊，旧社会啊，一阵阵黑影，一堆堆残灰，去吧，去吧，你们都从此灭亡去吧！灭亡于你们是幸福的事！新的怒涛，新的生机，新的力量，新的光明，对于你们的灭亡有极大的愿望与助力！我对你们，都有很深的眷恋，我最终赠给你们的辞别的礼物便是祝你们从速灭亡！"他这几天来，时常这样想着。

　　这次将和他一道到 W 地去的是一位青年，名叫王秋叶。他是之菲的第一个要好的老友，年纪约莫二十三四岁，矮身材，脸孔漂亮，许多女人曾为他醉心过。他和之菲是同县人，而且同学十年，感情最为融洽。他是个冷静，沉着，比较有理性的，强毅的人。他的思想也和之菲一样，由虚无转到政治斗争，由个人浪漫转到团体行动。他于去年十月便被 M 党部派来暹罗工作，现在也是在过着流亡的生活。他从初贝逃走出来，藏匿在暹京的××华人学校。这时已间接受到校董的许多警告，有再事逃匿的必要；所以他决定和之菲一同回到 W 地去。

二六

这是大飓风之夕。泊在 H 港和九龙的轮船都于几点钟前驶避 H 港内面，四围有山障蔽之处。天上起了极大的变化，一朵朵红蕾像睁着眼，浴着血的战士，像拂着尾，吐着火的猛兽。镶在云隙的，是一种像震怒的印度巡捕一样的黑脸，像寻仇待发的一阵铁甲兵。满天上是郁气的表现，暴力的表现，不平的表现，对于人类有一种不能调解的怨恨的表现，对于大地有一种吞噬的决心的表现。

这时，之菲正和秋叶立在一只停泊着在这 H 港的邮船的三等舱甲板上的船栏边眺望。他这时依旧穿着黑暹绸衫裤，精神很是疲倦，面庞益加消瘦。秋叶穿的是一条短裤，一件白色的内衣，本来很秀润的脸上，也添着几分憔悴苍老。

甲板上的搭客，都避入舱里面去。舱里透气的小窗都罩紧了，舱面几片透气的板亦早已放下，紧紧地封闭，板面上，并且加上了遮雨的油布。全船的船舱里充满着一种臭气，充满着窒闷，郁抑，惶恐，憎恨，苦恼的怨声！

过了一会，天色渐晚，船身渐渐震动了，像千军万马在呼喊着的风声，一阵一阵地接踵而至。天上星月都藏匿着，黑暗弥漫着大海。在这种极愁怆的黑暗中，彼处此处尚有些朦胧的灯光在作着他们最后的奋斗。

这种情形继续下去，每分钟，每分钟风势更加猛烈。像神灵震怒，像鬼怪叫号。一阵阵号啕，惨叫，叱骂，呼啸，凄切的声音，令人肠断，魂消魄散！

"哎哟！站不稳了！真有些不妙，快走到舱里去！老王！"之菲向着秋叶说。

"舱中闷死人！在这里再站一会儿倒不致有碍卫生。"秋叶答。他的头发已被猛烈的风吹乱，他的脸被闪电的青色的光照着，有些青白。

一阵猛烈倾斜的雨，骤然扫进来，他俩的衣衫都被沾湿。

"糟糕！糟糕！没有办法了，只好走到舱里面去！"秋叶说。

"再顽皮，把你刮入大海里去！哼！"之菲说，他拉着秋叶，收拾着他们的行李走入舱里面去。

舱里面，男女杂沓横陈。他们因为没有地方去，只得在很不洁的行人路的地板上马马虎虎地把席铺上。一阵阵臭秽之气，令他们心恶欲吐。在他们左右前后的搭客，因为忍不住这种强烈的臭味和过度的颠簸在掏肝洗肠地吐着的，更占十分之五六以上。之菲抱住头，堵着鼻，不敢动。秋叶索性把脸部藏在两只手掌里，靠着船板睡着。

"'在家日日好，出外朝朝难！'是的，忠厚的黄大厚夹着眼泪说的话真是不错！"之菲忽然想起黄大厚说着的话和在由S埠到新嘉坡的轮船上的情形来。

在他距离不到二十步远的地方，在吊床上睡着的几个女人，在灯光下，非常显现地露出她们的无忌惮的，挣扎着的，几个苦脸。她们的头发都很散乱，乳峰都很袒露。她们虽然并不美丽，但，实在可以令全舱的搭客都把视线集中在她们身上。

"唉！唉！假使我的曼曼在我的身边！——"他忽然又想起久别信息不通的曼曼，心头觉得一阵凄伤，连气都透不过来。

"唉！唉！我是这样她受苦，我受苦的结果是家庭不容，社会不容，连我的情人都被剥夺去！她现在是生呢，是死呢？我那儿知道！唉！唉！亲爱的曼，曼，曼！亲爱的！亲爱的！……"在这种风声惨厉，船身震播的三等舱，臭气难闻的舱板上，他幽幽地念着他的爱人的名字，借以减少他的痛苦。

决定回国之后，之菲便和秋叶再乘货船到新嘉坡——暹罗没有轮船到上海——在新嘉坡等了几天船，便搭着这只船预备一道到上海，由上海再到W地去。恰好这只船来到H港便遇飓风，因此在这儿停泊。

"吁！吁！哗哗！啦啦！硼硼！砰砰！"船舱外满着震慑灵魂的风声，海水激荡声，笨重的铁窗与船板撞击着的没有节奏的声音。

"老王！我们谈谈话，消遣一下吧！我真寂寞得可怜！"他向着秋叶呼唤着。

"Hnorhnor! hnorhnor! hnorhnor! ……"只有鼾声是他的答语。

"这是多么可怕的现象呀。我不怕艰难险阻，我不怕一切讥笑怒骂，我最怕的是这个心的寂寞啊!"他呻吟着，勉强坐起来，从他的籐筐中拙出一枝自来水笔和一本练习簿，欹斜地躺下去写着：

亲爱的曼妹：

在 S 埠和你揖别，至今倏已三月。流亡所遍的足迹逾万里，在甲板上过活逾三十天。前后寄给你信十馀封，谅已收到。但萍飘不定的我，因为没有一定的住址，以致不能收到你的覆信，实在觉得非常的怅惘。

这一次流亡的结果，令我益加了解人生的意义和对于革命的决心。我明白现时人与人间的虚伪，倾陷，欺诈，压迫，玩弄，凌辱的种种现象，完全是资本社会的罪恶的显证。欲消灭这种现象，断非宗教，道德，法律，朝廷所能为力! 因为这些，都站在富人方面说话! 贫困的人处处都是吃亏! 饥寒交迫的奴隶，而欲和养尊处优的资本家谈公道，论平等，在光天化日之下同享一种人的生活，这简直是等于痴人说梦! 所以欲消灭这种现象，非经过一度流血的大革命不为功!

中国的革命，必须联合全世界弱小的民族，必须站在反对资本帝国主义的联合战线上，这是孙总理的遗教。谁违背这遗教的，谁便是反革命！我们不要悲观吧，不要退却吧，我们必须踏着被牺牲的同志们的血迹去扫除一切反动势力！为中国谋解放！为人类求光明！国民革命和世界革命的终必成功，一切工农被压迫阶级终必有抬头之日，这我们可以坚决地下着断语；虽然，我们或许不能及身而见。

流亡数月的生活，可说是非常之苦！一方面因为我到底是一个多疑善变的知识分子，是一个对着革命没有十分坚决的小资产阶级人物，故精神时有一种破裂的痛苦。一方面是因为家庭既根本不能了解我，社会给我的同情，惟有监禁，通缉，驱逐，唾骂，倾陷，故经济当然也感到异常的穷窘。我几乎因此陷入悲观，消极，颓唐，走到自杀那条路去！但，却尚幸迷途未远，现在已决计再到 W 地去干一番！

我相信革命也应该有它的环境和条件，为要适应这种环境和条件起见，我实有回到 W 地去的必要。在这儿过着几个月的流亡生活，一点革命工作都谈不到，做不到；虽说把华侨的状况下一番考察，也自有其相当的价值，但总觉得未免有些虚掷黄金般的光阴。……

你的近况怎样？我很念你！你年纪尚轻，在社会上没有什么人注意你，大概不至于有什么危险吧！这一次不能和你一同出走，实在因为没有这种可能性，经济方面和逃走时的迫不及待的事实，想你一定能够谅解我吧！

　　这十几天来，由暹罗到新嘉坡，由新嘉坡到这 H 港，海行倦困。此刻更遇飓风，海涛怒涌，船身震播。不寐思妹，益觉凄然！

　　妹接我书后，能于最近期间筹资直往 W 地相会，共抒离哀，同干革命！于红光灿烂之场，软语策划一切，其快何似！倦甚，不能再书！

　　　　祝你努力！之菲谨上。七月十日夜十二时。

他写完这封信时，十分疲倦，凄寂之感，却减去几分，风声更加猛厉，船身播荡得更加厉害。全舱的搭客一个个都睡熟了。

"唉！这是一个什么现象！"他依旧叹息着。但这时，他脸上显然浮着一层微笑。过了不到五分钟，他已抱着一个甜蜜的梦酣睡着。

二七

　　邮船到黄浦江对岸浦东下锚了。船中的搭客都把行李搬在甲板上，待客栈来接。朝阳丽丽地照着，各个搭客的倦脸上都燃着一点笑容。十馀个工人模样的山东人，他们围着他们的行李在谈着，自成一个特殊区域。和之菲站在一处的除秋叶外，便是两个厦门人，和两个梧州人，亦是自成一家的样子。

　　两个厦门人中二个穿着白仁布，铜钮的学生装的——这种装束南洋一带最时髦——从前是北京工业专门学校的学生，现时在新嘉坡陈嘉庚的树胶厂办事。他的眼圈有些黑晕，表示出他有点虚弱。他对于社会主义一类的书，似乎有点研究；口吻像个无政府主义者。第二个厦门人是个现时尚在上海肄业的学生，着反领西装，样子很不错，似乎很配镇日写情书一流的人物。

两个梧州人，都是五十岁前后的老人。一肥一瘦，一比较好动，一比较好静。他们每在清晨起来便都盘着腿静坐一会。他们都是孔教的热烈信仰者。那肥者议论滔滔，真是口若悬河，腹如五石瓠。他说：

"仁义礼智信，夫子之大道也！此大道推之百世而皆准，放之四海而皆验！是故，此五者当人类所不可缺之物；而夫子倡之，夫子之足称为教主，孔之成教也明矣！"他说话时老是像做八股文章似的，点缀着一些之乎者也，以表示他对于旧学的渊博。同时他把近视眼圆张呆视着，一面抱着水烟筒在吸烟。

对于人类的终于不能平等，大同的世界的终于不能实现，他也有他的妙论。他说：

"君者，所以出令安民者也；臣者，所以行令治民者也。今虽皇帝已去，而总统犹存；总统者亦君之义也。然总统时代之不如皇帝时代，此则近十馀年来，事实可为证明，不待老夫置辩。倘并此总统而无之，倡为人类平等之说，无君父，无政府，是禽兽也！若禽兽者斯真无君父，无政府矣！当今异说蜂起，竞为奇伪，共产公妻之说，溢于禹域！安得有圣人者出而惩之以挽人心于既坠！孟子曰，能言拒杨墨者，圣人之徒也。余之不得不极端反对共产公妻，盖亦此意焉。劳心者治人，劳力者治于人，不易之理也。……"他说话时老是摇着头，摆着屁股，神气十足。

那瘦者是个诗人，他缄默无言，不为而治。他扇头自题《莲花诗》三首。中有警句云：

任他风雨连天黑，自有盘珠似火明！

这两位老友，是从 H 港下船来上海的，他们的任务，是到上海来夤缘做官。他们前清时都是廪贡生，民国后，宦游四方，做过承审、知事等类官职。

这时客栈的伙计们已来接客了。两位老人和之菲、秋叶都同意住客栈去，由肥的老人和伙计们接洽。

"到我们的栈房去，好吗？行李一切都交给我们，我们自然会好好地招呼的。"一个眇一目，穿着深蓝色衫裤的客栈伙计向他们说。

"我们这里一总行李三件，到你们客栈去，共总行李费几多？"肥的老人问。

"多少随你们的便吧，不要紧的，不要紧的。"眇一目的伙计答。他一一地给着他们一张片子，上印着"汇中客栈"四个字。瘦的老人向他索着铜牌。他很不迟疑地袖给他一个鹅蛋形大小的铜牌，上面写着什么工会什么员第若干号字样。瘦老人把它很珍重地藏入衣袋里，向着之菲和秋叶很得意地说：

"有了这牌，便是一个证据，可以不怕他逃走了！"

之菲和秋叶点头道是。过了一会，行李已先给小艇载去，他们便都被这眇一目的伙计带去坐小轮船渡河。

这时那两位老人步履很艰的在踱来踱去。眇一目的伙计问着他们说：

"坐我们栈里头自己特备的汽车去吧。"

"恐怕破费太多，我们坐黄包车去吧。"

"不，这汽车是我们自己特备的，车资多少任便，不要紧的，不要紧的。"

"真的是这样吗?"

"怎么不真!"

两老和之菲、秋叶都和这眇一目的伙计坐上汽车去。这时忽然来了一个流氓式的大汉，向他们殷勤地通姓名，打招呼，陪着他们同车到客栈去。

汇中客栈是一所房舍湫隘，光线很黑暗的下等客栈，两老同住一房。之菲和秋叶同住一房。两老住的房金是每日一元八角。之菲秋叶的是一元六角。过了一会，他们的行李都被送到，他们都觉得心满意足。

之菲和秋叶在房中，刚叫伙计开饭在吃的时候，那眇一目的伙计和那流氓式的大汉，和另外又是一位大汉忽然在他们的门口出现。

"先生，打赏!"眇一目的伙计说。

"我们是替先生一路照顾行李来的。"流氓式的两位大汉说。这两位大汉，贼眼闪闪，高身材，横脸肉，声音蛮野而洪大。

"那两位老先生打赏我们九元五角。你们两位照样打赏罢!"两位大汉恫吓着说。

"我们两人只是一件行李,行李费讲明多少不拘。我们又不是个有钱人,那里能够给你们那么多!"之菲说,他觉得又是骇异又是愤怒。

"你先生想给我们多少!"他们用着嘶破的口音说,声势有些汹汹然了。

"给你们一元总可以吧!"比菲冷然地答。

"哼!不行!不行!最少要给我们九元!那两位先生给我们九元五角。难道你们一路来的给我们九元都不能够吗!"他们说,露出十分狞恶的态度。

"出门人总是要讲道理的!照普通客栈的规矩每件行李不过要二毫钱。难道你们要几多便几多,不可以商量的么?"之菲说,他觉得他们这种敲诈的办法真是可恨。

"最低限度要给我们八元!快快!快快!我们现时要到外边吃饭去!"两个流氓式的大汉说,露出很不屑的神态来。

"一定要我出这么多钱,有什么理由,请你们说一说!你们要去吃饭吗?不要紧的,我这儿可以请你们吃饭!"之菲带着笑谑的口吻说。

"快!快!最少要给我们八元,分文是不能减的!快!快!快!你们的饭不配我们吃,我们到外边吃饭去!快!快!"大汉说,他们握着拳预备打的样子。

"给你们两块吧,多一文我也不愿意给!你们要怎么便怎么,我不轻易受你们的敲诈!"之菲说。他望也不望他们只是吃他自己的饭。

"快！快！快！快！我们到外边吃饭去！给我们七元五角，再少分文我们是不要的！快！快！快！"大汉再恫吓着说。

为要了事，和减去目前的纠纷起见，最后终由之菲拿出六元纸币打发他们去。这时秋叶吓得面如银蜡色，噤不敢声。

"全世界，全社会都充满着黑幕！"秋叶说，抽了一口气，倒在榻上睡着。

"这里比新嘉坡暹罗所演的滑稽剧还来得凶！在暹罗买好了船票，还要避去公司们——暹罗私会——彼此吃醋（船票须由公司们抽头，此私会与彼私会常因争夺这项权利斗杀，酿成命案），在岸上藏匿着，直到轮船临开时，才敢下船。在新嘉坡遭福建人的糟蹋（新嘉坡海面，福建人最有势力。他们坐货船由暹罗到新嘉坡时，船在离岸数十丈处下锚，由福建人的小艇来把他们载上岸去。别处人的小艇不敢来做这项生意，这些搭客都要拜跪陪小心，由这些福建人每人要三元便三元，五元便五元，才有上岸之望）出了钱惹没趣！来这儿又过了这场风波！唉！黄大厚说的真是不错，在家日日好，出外朝朝难！"之菲说，他这时正在饮着茶。

"所以，人类这类东西，到底可以用革命革得可爱些与否，这实在是成了一个大疑问！"秋叶很感伤似地说。

"这个解释很简单，他们的种种丑态，都是受着经济压迫演成的结果！在这些地方，我们益当认识革命！我们益当确定革命所应该走的路，是经济革命！"之菲说。他这时对刚才那几个流氓的愤恨，似乎减少了几分。

"或许是吧！要是革命不能改变这种现象，别的愈加没有办法了！唉！只得革命下去吧!"秋叶说，他的怀疑的目光依旧凝视在刚才几个流氓叱咤暗呜的表演场上。

二八

W 地也发生党变，他们都不能到那儿去，只得滞留在上海。之菲这时，差不多悲观到极点。他和秋叶在 F 公园毗近的×里租着一间每月十元的前楼住着，预备在这里过着卖文的生活。他这时差不多变成一块酸性的石头。他神经紊乱时老是这样想：

"虽然醇酒妇人的颓废和堕落的生活，断非一个在流亡着的狂徒的经济力量所能胜。但，在可能的范围内，且从此颓废下去吧！堕落下去吧！我虽不能沉湎在酖毒的酒家，淫乱的娼寮中；但到四马路去和那些和我一样堕落的'野鸡'去碰碰，碰着她们高耸的乳峰，碰着她们肥大的屁股，把神经弄昏了，血液弄热了，然后奔回寓所来，大哭一场，这总是可以的！有时，减衣缩食去买一两瓶白玫瑰，以失望为肥鸡，嘲弄为肥鹅，暗算为肥鸭，危险为肥猪，凌辱、攻击为肥牛、肥蛇，饱餐一顿，痛饮一番，大概是不至于没有这种力量的！沉沦！沉沦！勇往的沉沦！一瞑不返的沉沦！不死于战场，便当死于自杀！我的战场已失去了！我的攻守同盟的伴侣已经溃散了！我所有的只有我自己的赤手空拳！我失去我的斗争的立场！我失去我的斗争的武器！在我四围的，尽是我的敌人！我不能向他们妥协，屈服！我只有始终站在反对他们的地位，去从事我个人的沉沦生活！"

但，当他神经清醒时，他觉得这种办法实有些不对。他便这样想着：

"革命这件东西，是像怒潮一样，一高一低，时起时伏。这时候中国的革命运动虽然暂时消沉下去，不久当然会有高涨的希望。我应当忍耐着，冷静地考察着各方面的情形怎样，我不应因此而失望，悲观，堕落颓丧。我应当在这潜伏期内，储蓄着我的力量去预备应付这个新局面。……"

这两种思潮，各有各的势力平分占据他的脑海。他因此益显出精神恍惚，意志不专。

秋叶的态度，益显出颓丧。他的否认一切的言论发得真是太多！他的失望，灰心，颓丧，不振，无生气，没有丝毫力量的倾向，一天一天地厉害起来！"希望"这个名词，在他的眼里，简直成为一种嘲弄。他永不希望。譬如做文章寄到杂志编辑部去，别人总是希望或许可以发表的吧。他寄去时从未尝有过热烈的倾向。寄去后，好像他的工作便算完了。他不会多做一层希望的工夫。结果，他的不希望的哲学大成功。因为事实证明，他们对于这些是永远用不着希望的！

他们睡的是楼板；穿的是从朋友处借来的破衣服；食的是不接续的"散包饭"；所做的文章，从未尝卖到半文钱。他们实在是可以不用希望的。

这天，他们在报纸上看见一段 S 埠、T 县都为工农军占据的消息。之菲决意再回去干一干，秋叶不赞成，他们的辩论便开始了。秋叶说：

"第一点，这支工农军，子弹饷械都不充足，日内必定败退溃散，我们没有回去跟他们逃走的必要。第二点，我们现在需要竭力保持灰色，这一回去，色彩益加浓厚，以后逃走，更加无地自容。第三点干革命工作，不必一定到工农群众里面去做实地工作。在文学上，我辈能够鼓吹一点革命思想，也算是尽一分力量。我根据这三点理由，绝对不赞成回去。"他说话时，一面正在翻译逊更司的 *Tales of Two Cities*（《双城记》），态度很是冷静镇定。

之菲这时，全身的血在沸着，他对于文学本身已起着很大的怀疑。在这样大风雨，雷电交闪的时代，他觉得安安静静地坐下去从事文学创作，这简直是一件不可能的事。他觉得月来的郁积，有如火山寻不到爆烈口一样沉闷，现在须让它爆烈一下！他觉得月来的苦痛，有如受缚的鸷鸟一样悲哀，现在须让它飞腾一下！他的青春之火，他的生命之火，他的为民众的利益而牺牲的壮烈之火，镇日里在他胸次燃烧着，使他非常焦灼，坐卧不安！他的灰白色的脸，照耀着一层慷慨赴难的表情，他的眼睛里有一种恳挚的，急切的，勇往的光在闪着。他听见秋叶的话老大地觉得不舒服，立起身来说：

"第一点我们必须回去，因为我们从暹罗奔走到新嘉坡，从新嘉坡奔走到上海来，为的是要到 W 地干革命去。W 地现时既不能去，而 W 地的革命势力现时几乎全部集中在 S 埠、T 县；故此我们必须把到 W 地去的决心移到 S 埠、T 县去。工农军的是否失败，现时不能武断。假使失败，我们只有再事逃亡，并无若干的损失。第二点，我们必须回去，因为我们的战地久已失去，战伴久已分离，战斗的力量和计划大半消失，这一回去可以把这些缺陷统统填平。保持灰色这一层，现在大可不必；既已在流亡通缉之列，尚有什么灰色可以保持？第三点，从事革命文学对社会当然也有相当的贡献。但既已决心从事革命文学而不作实地斗争，这种文学易成蹈空，敷衍，而失去它的领导时代的效力！根据这三点理由，我绝对地主张回去！"他说话时，声音非常亢越，有一种演说家的表情。

"且稍安毋躁！"秋叶冷然地说。他依旧在干着他的翻译的工作，他面上并无丝毫激动着的感情。"革命是一种科学，并不是能够任情。我们先要研究加进我们去，在这个溃败的大局中有没有挽救的力量？我敢说，这是没有的！现在工农群众的暴动，有许多幼稚，错误；我们能不能纠正这种幼稚和错误？我敢说，我们是不能够的！依照我们的特长说，与其说是政治的不如说是文学的。我想现时还是安安静静地在这上海蛰居，从事文学创作罢！"

"对于你所说的话，我根本地加以否认！"之菲说。他这时对着秋叶的冷静的态度几乎有些愤恨。"革命是科学的，理性的，不能任情恣意，这是当然的。但照你这种蔑视自己的态度，人人像你一样便足令革命延缓几千年尚不能成功！革命运动之所以能够一日千里，全视各个细胞之能够尽量活动。个人的力量，不能左右一个局面，这也是当然的。但我们虽不能做一个左右局面的伟人，我们不能不尽我们的能力去做我们所应当做的事。工农运动的是否幼稚，错误，我们现在尚无批评的资格；因为我们所得到的各种消息都大半是造谣的，内容怎么样我们未尝切实知道。我辈的特长，即使是文学方面，难道在这个政治斗争的高潮中，我们不应该再学习些政治斗争的手腕吗？回去，我们一定回去才对！"

因为在上海摸索了一月，所受的苦楚，实在证实卖文这种生活的无聊；所以结局，秋叶用着一种无可奈何的态度，答应和他一同回到 S 埠去。

二九

八月将尽的时候，岭东的天气依然炎热。是中午了，由上海抵 S 埠的广生轮船的搭客，纷纷上岸。

"昨夜工农军全数逃走，白军现时未来，全埠店户闭门！……"一个挑行李的工人说。他戴着破毡帽，穿着旧破衫，面上晒得十分赤黑。

这时有两个西装少年，态度非常沉郁，却极力表示镇定。两人中一个瘦长的向着这工人问道：

"红白的军队现在都没有了么？好！好！军队真讨厌，没有便干净了！请问今天海关有没有盘查上船的搭客？"

"没有的！"工人咳了一声说。"今天好，今天没有盘查！前两天穿西装的，都要被他们拿去呢！"

这两位西装少年便雇着这个工人挑行李到天水街同亨号去。全埠上寂静得鸦雀无声，满布着一种恐怖的痕迹。海关前平时人物熙熙攘攘，这时也寥落得像个破神庙一般。商店全数闭门，门外悬着的招牌呆然不动，象征死一般的凄寂。全埠的手车工人因为怕扰乱治安的嫌疑，亦皆逃避一空。铃铃之声，不闻于耳，大足令这些萧条的市街减色。

由这 S 埠至 T 县的火车已经没有开行，埠上几个小工厂的烟筒亦没有了袅袅如云的黑烟。街上因为清道夫没有到来洗扫，很是秽湿，苍蝇丛集。远远地望见一个破祠内，还有几个项上挂着红带的残废的兵卒，在那儿东倒西歪地坐卧着。祠门外隐隐间露出一面破旧的红旗，在微风里抖战着。此处，彼处时有一两家铺户开着一扇小门，里面的伙计们对这两位皇皇然穿着西装的少年都瞠着目在钉视着。

这两个西装少年，便是之菲和秋叶。一种强烈的失望，令他们只是哑然失笑。

"这才见出我们的伟大！两方面的军队都自动地退出，让我们俩'文装'占据 S 埠全埠！"之菲向着秋叶说。

"莫太滑稽，快些预备逃走吧！"秋叶答。

天水街同亨号，离码头不远，片刻间已是到了，付了挑夫费，他们一直走入该店中。店老板姓刘名天泰，是之菲的父亲的老友。刘天泰的年纪约莫五十馀，麻面，说话时，有些重舌，而且总是把每句话中的一两个字随便拉长口音地说。他这时赤着膊，腹上围着一个兜肚在坐着。他是一个发了财的人，但他并不见肥胖。之菲和秋叶迎上前去说一声：

"天泰叔！"

他满面堆着笑地说.

"呀！来——好！好！——你们今早大约是未尝吃饭的，叫伙计买点心去。"他说后即刻叫伙计把他们的行李拿上楼来，并在兜肚里拿出两角钱来叫另外一个伙计去买两碗面来。

这店是前后楼，楼上楼下全座都是刘老板一姓的私物。他做出口货，以菜脯，麻为大宗。收入每年在一百几十万以上，赢利总有十万，八万元。他有个儿子，年约三十岁，一只目完全坏了，馀一只目也不甚明亮。那儿子像很勤谨，很能干的样子。刘老板整天的工作，是费在向他发牢骚，馀的时候便是打麻雀牌，谈闲天；他的家产便在这种状况中，一年一年地增加起来了。

楼上的布置，和普通的应接所一样。厅正中靠壁安放着一张炕床，床前安放着一圆几。两旁排列着太师椅，茶几。

之菲和秋叶都把西装解除，各自穿着一件白色的内衣。洗了面，食了面后，他们便和刘老板商议这一回的事应该怎样办。刘老板说：

三——少爷——我，我想你以后——还是不要再干这些事体好——我，我们这，这个地方没有大风水，产生不出大伟人！现在——这些工——农军坏——坏极了！这——次入到这——S埠后，几天还没有——出榜安民！唉！唉！这——怎样——对——对呢?!"他很诚恳地谆告着之菲，继续说："这——次的军队没有抢——还算好！那些——手车夫——可就该死了！什么——放，放火——打劫，他们都干——现在统——跑避——一空了！唉！做事——不从艰难困苦中——熬炼出来——这，这那里对呢！革——革命军，这——这一斤值几个钱？第一要——

要安民——不——不——扰民。王者之——师，秋毫无——犯！将来成大事的——我——我想还要——等到——真——真主出来！这回么，你们两——位，算是上了——人家的大当，以后——还是做——做生意好。做生意——比较——总安稳——些！我劝你们还——是改变方——方向，不再干那些——才好！现在——红军白军俱走，你们逃走——要乘这——这个机会逃走比较容易！我叫——叫伙计去替——替你们问问，今天有船到上——上海去没有。如若——有上海船时——最好还是即——即时搭船到——到上海去！"他说罢，即叫一个伙计去探问船期，并问之菲和秋叶的意思怎样，他们当然赞成。

过了一忽，伙计回来报告说没有船。之菲便向天泰老板说：

"在这 S 埠等候轮船，说不定要等三两天才有。在这三两天中，有许多危险！我想和秋叶兄暂时闯到 A 地去躲避几天！这儿有船到上海时便请你通知小侄，以便即日赶到。这个办法好吗？"

"好——好的，你们先到乡中去躲——避几天也——也好！"刘老板说。

这店的露台上，一盆在艳阳下的荷花在舒笑；耳畔时闻一两声小鸟的清唱，点缀出人间无限闲静。便在这种情境中，之菲和秋叶把行李暂时寄存在这店里，各人仅穿着一件短衫，抱着烦乱，惊恐，忧闷的心绪和刘老板揖别。

三〇

在一间简朴的农村住室里面，室内光线黑暗，白昼犹昏。地上没有铺砖，没有用灰砂涂面，只是铺着一种沉黑色的踏平着的土壤。楼上没有楼板，只用些零乱的木材纵横堆砌着；因此在屋瓦间坠下来的砂尘都堆积在地上的两只老大的旧榻上。这两只旧榻，各靠着一面墙相对地安置着，室中间因此仅剩着两尺来宽的地方做通路。

在这两榻相对的向后壁这一端，有一只积满尘埃的书桌。桌上除油垢，零乱的纸片，两枝旱烟筒外，便是一枝光线十分微弱的火油灯燃亮着。

在这里居住着的是一个年纪七十馀岁的老人，他的须发苍白声音微弱。他的颓老的样子和这旧屋相对照，造成一种惨淡的，岑寂的局面。他是之菲的伯父。之菲的住家，和他这儿同在一条巷上，仅隔了几步远。之菲和秋叶这次一同由 S 埠逃回来，家中因为没有适当的地方安置秋叶，便让他在这旧屋里暂时住宿。

他回到 A 地来已是几天了。这时之菲正和秋叶在这室里对着黯淡的灯光，吸着旱烟筒在谈着。

"我真悲惨啊！"之菲眼里满包着眼泪说。"我的父亲无论如何总不能谅解我！他镇日向我发牢骚！他又不大喜欢骂我，他喜欢的是冷嘲热讽！我真觉得难受啊！"

"你的家庭黑暗的程度可算是第一的了！你的父亲糟蹋你

的程度，也可算是第一的了！前晚你在你自己的房里读诗时，他在这儿向我说，'这时候，谋生之术半点学不到，还在读诗，真是开心呀！读诗？难道读诗可以读出什么本事来么？哼！'我那时候不能答一词，心里很替你难过！"秋叶答，他很替他抱着不平的样子。

"我承认我是个弱者。我见到父亲，我便想极力和他妥协。譬如他说我写的字笔划写得太瘦，没有福气，我便竭力写肥一点以求他的欢心。他说我读书时声音太悲哀，我便竭力读欢乐些以求他的欢心。他说我生得太瘦削，短命相，我便弄尽方法求肥胖，以求他的欢心。但，我的努力总归无效，我所能得到的终是他的憎恶！别人憎恶我，我不觉得难过。只是我的父亲憎恶我，我才觉得有彻心之痛！唉！此生何术能够得回我的父亲的欢心呢！"之菲说，他满腔的热泪已是忍不住地迸出来了。

"之菲！之菲！……"这是他的父亲在巷上呼唤他的声音。他心中一震，拭干着眼泪走上前去见他。

他的父亲这时穿着蓝布长衫，紧蹙的双眉，表示出恨而且怒。之菲立在他眼前如待审判的样子，头也不敢抬起来。

"你终日唉声叹气，这是什么道理！"他的父亲叱着。

"我不尝唉声叹气。"之菲嗫嚅着说。

"你还敢辩，你刚才不是在叹气吗？"他的父亲声音愈加严厉地叱着。

"孩儿一时想起一事无成，心中觉得很苦！"之菲一字一泪地说。

"很苦？你很苦吗？哼！哼！你怎样敢觉得苦起来？你的

牛马般的父亲，拼命培植你读书，读大学，为你讨老婆！你还
觉得不满足吗？你还觉得苦吗？你苦！你觉得很苦吗？唉！
唉！你看这种风水衰不衰，生了一个孩子，这样地培植他，他
还说他苦！哼！哼！"

　　"我并不是不知父亲很苦，但孩儿也委实有孩儿的苦处！"
之菲分辩着说。

　　这句话愈加激动他父亲的恼怒，他咆哮着。他气急败坏
地说：

　　"你！你想和我作对吗？你想气死父亲吗？你！负心贼！
猪狗禽兽！你！可恶！可恨！"他说完拿着一杆扫帚的柄向他
掷去！

　　"父亲！不要生气！这都是孩儿不是！孩儿不敢忤逆你
呢！"之菲哭诉着，走入房里去。

　　他的父亲在门外叫骂了一会，恰好他的母亲在外面回来把
他劝了一会，这个风潮才渐归平息。

　　比菲不敢出声地在他的卧房内抽咽着。他觉得心如刀割！
由足心至脑顶，统觉得耻辱，凄凉，受屈，含冤。他咬着唇，
嚼着舌，把头埋在被窝里。过去的一切悲苦的往事，都溢上他
的心头来。他诅咒着他的生命。他觉得死是十分甜蜜的。他痛
恨这一两年来，参加革命运动，真是殊可不必。

　　"唉！人生根本是值不得顾惜！为父亲的都要向他的儿子
践踏！父亲以外的人更难望其有几分真心了！"他这样想着，
越发觉得无味。

　　过了几点钟以后，他胡乱的吃过晚餐，便又走回到自己的

房里去胡思乱想一回。这时，他的妻含笑地走入房里来，把一封从 T 县转来的信交给他说：

"你的爱人写信来给你了！信面署着黄曼曼女士的名字呢。"

纤英在家本来是不识字的。嫁后之菲用几个月的工夫教她，她居然能够认识一些粗浅的字。上次他回家时，曼曼从 T 县给之菲的十几封信，她封封都看过。看不懂的字，便硬要之菲教她。信中所含的意义，她虽然不大明白，但在她的想象里，一个女人写信给一个男人，除了钟情以外，必无别话可说。因此她便断定曼曼是之菲的情人。

"是朋友，不是情人！"之菲也笑着，接过那封软红色的信封一看。上面写着 S 埠 T 县××街××店沈尊圣先生收转沈之菲哥哥亲启，妹曼曼托。他情不自禁地把那浅红色的信封拿到唇边，吻了几吻，心儿只是在跳着。他轻轻地用剪刀把信封珍重地剪开，含笑地在灯光下读着。那封信是这样写着：

菲哥！亲爱的菲哥！我的又是不得不爱，又是不得不恨的菲哥啊！唉！唉！在秋雨淋铃的夜晚，在素月照着无眠的深霄，在孤灯不明，卷帷欲绝的梦醒时节，我是不得不想念着你。想念着你，又是不得不流着眼泪，又是不得不心痛啊！唉！唉！别久离远的菲哥啊！别久离远的菲哥啊！……

这时候，咳！这时候我正流落着在藏污纳垢的北京！这北京，咳！这落叶满阶，茂草没胫的旧皇宫所在地的北京！这儿的思想界的腐旧，龌龊，落后，也正和斜阳下返光映射的旧宫里面的断井，颓垣一样，只足令人流下几滴凭吊的眼泪，并没有半丝儿振兴的气象！咳！在这儿，在这儿，我日间只得拖着几部讲义到造成奴性的大本营的×大学去念书，晚间只得回到我的和监狱一样的寓所里去睡觉。咳！在这儿，在这儿，我一方面饥寒交迫，每餐吃饭的钱都要忍辱向相识的同乡人乞贷，一方面要避开政治上的压迫，和登徒子们的进攻。咳！说到这般登徒子，才是令人又是可恨，又是可笑呢！他们都是向我说你是个有妻有子的人，不应该再和我恋爱！又说你是个被政府通缉的罪人，生死存亡，尚未可必，我尤不宜和你恋爱！他们的说话，都是有目的，有作用的；这真是令我又是厌恶，又是痛恨！唉！唉！在这样恶劣的环境里面我怎能不想念着你！想念着你，我又怎能不流着眼泪！怎能不心痛呢！唉！唉！别久离远的菲哥啊！别久离远的菲哥啊！……

菲哥！亲爱的菲哥！我的又是不得不爱，又是不得不恨的菲哥啊！在这菡萏香消，翠叶凋残，西风愁起，绿波无色的深秋的日暮，我躺在我的病榻里，不禁流着泪的思量着我俩的往事。咳！忍心的哥哥！你怎么自到海外后连只字都不寄给我！我寄给你的信，前后三四十封，你怎么连只字也不肯答复我呢？！咳！狠心的哥哥！唉！唉！你要知道我自从和你别后是多么凄惨吗？……唉！我便在这儿详细地告诉你吧！

　　三月二十九日那天在×车站和你握别后，我的心中只是觉得惘然，凄然，如有所失！到家后，母亲抱着我只是哭，我亦觉得十分酸楚，不能自已地倒在她的怀里抽咽！以后，我便天天过着洒泪的生活，在C城时和你那般亲热！日同玩，夜同眠的那种甜蜜的回忆，只增加我的日间哭泣，夜里失眠的材料。

　　你的父亲！咳！我不知道你为什么有这样的一个父亲呢！在我回家的第三日，我终于抱着一种惶恐的，疑惑的心理去和他相见。我恳求他带我一起到A地找你，他老不客气地把我拒绝，并且向我说着一些我无论如何也不愿意听的说话！"现在的世界坏极了！女子不能够谨守深闺，偏要到各处找男人一起玩！哼！"唉！菲哥！你一定可以想象到当我听到这几句说话的时候是怎样羞耻和伤心呀。

　　又是过了两天，我接着你从A地寄给我的一封信，那是使我多么安慰啊！我把它情不自禁地吻了又吻！晚上睡觉时，我把它贴肉地放在我的怀上！只这样，便的确地安慰了我几分梦魂儿的寂寞！……

　　可是，我的家庭中又是发生问题了！我的母亲天天逼着我去和我的旧未婚夫要好；他也嬉皮笑脸地日日到我家中来讨好！我天天只是哭着，寻死！不打理他们！后来母亲觉得有些不忍了，才停止她的挟逼。他也不敢再到我的家中来了。唉！哥哥！亲爱的菲哥！为着你，我是受着怎样的痛苦啊！……

在这个时候，你差不多天天都写信给我，要我到你的家里去。我也时时刻刻想到你的家里去；但因为我又不认识路，又恐怕到你的家里去时，我是个剪了头发的女人，很会惹到乡下人的大惊小怪，这于你的踪迹的秘密是有大大的妨害的！因为此，我终于没有到你的家中去，直到你仓皇出走的那一天。

唉！唉！你仓皇出走的那一天！你仓皇出走的那一天！你仓皇出走的那一天！是多么令我感到凄凉和绝望哟，当你把这个消息递来给我的时候！我那时候，一方面固然体谅你仓皇出走的苦楚；一方面我却十分怨恨你的寡情！"你为什么不带我一起逃走呢？你为什么撇下我一个人孤另另在政治环境险恶不过的T县呢？"我那时老是这样想着。……

又是一月过去了，我在家中镇日哭泣，恹恹成病。我的姊姊刚从北京××女子大学放暑假回家；她见我这么悲观，天天都在劝解我，带我到各处去游玩。咳！她那里知道我的心事呢？

唉！哥哥！我的亲爱的菲哥！真是春蚕到死丝方尽，蜡炬成灰泪始干！有时，我很想冷静些，想把理性提高，把情感压制一下。但，当我想到你的像音乐一股的声音，你的又是和蔼，又是有诗趣的表情，你的一双灵活而特别带着一种文学情调的眼睛，你的高爽的胸襟，你的温柔的情性，……我觉得陶醉！我觉得凄迷！唉！亲爱的哥哥，我的眼泪怎得不为你而洒?! 我的心怎得不为你而痛呢?! ……

　　六月初八的时候, 我听从我的姊姊的诱劝, 预备
和她一起到北京升学去。升学虽然是无聊, 但我想离
开家庭到外方游赏一回或许可以减少我的伤感。但,
当我们从 S 埠坐着轮船到上海时, 我又大大地失望和
伤感起来了。我在轮船里面, 不禁终日啜泣! 当我在
甲板上望着一碧无限的苍天和了无边际的大海时, 我
只是觉得一阵一阵心痛。我想起和我的在南洋流浪着
的菲哥, 将因这次的旅行一天一天的距离远了! 相见
的机会亦将因此益加困难了! 唉! 唉! 亲爱的菲哥!
在那黑浪压天, 机声似哭的轮船里面, 我那得不想起
你, 想起你我又那得不洒着眼泪, 不为你心痛
呢? ……

　　六月十五日, 我安抵北京了, 我和我的姊姊住在
一处。我的姊姊有了一个未婚夫, 他也和姊姊住在一
处。他家里有了不少的钱, 我的二姊读书费用是由他
供给的。我初到北京时, 也在他那儿用了三二十元。
唉! 过了几天, 我才知道他原来是个浑蛋! 他和我的
姊姊感情很不好; 我初到北京时, 他对我还带着一种
假面具, 所以待我还不错。后来, 我时常攻击他, 他
便索性撕开假面具, 把我压迫得很厉害。他本来是答
应帮助我读大学的, 这时候, 他对我更是一毛不拔。
唉! 金钱的罪恶! 资本社会的罪恶! 哥哥! 亲爱的菲
哥! 唉! 想到这一层, 我真觉得非即刻跑到你的身边

去，去和你同干着出生入死的革命不可！但，忍心的哥哥！你怎么出走时，不设法带我一起去！你怎么出走后连信也不寄给我一封呢？咳！狠心的哥哥！……

又是一月过去了，我忍着耻辱向着几个同乡人借贷，暂时地得以维持生活。同时，我为消遣无聊的岁月计，便考进××大学念书去。咳！哥哥！亲爱的菲哥！这儿的大学，才真叫人失望；这儿的大学生，才真叫人可鄙呢！这儿的大学的一切制度都很腐败；充教职员的，都是一些昏庸老朽的坏东西！这儿的学生，除少数外，都是很落后的；他们都在希望做官！我在这儿的大学念书，除觉得厌恶，失望，无聊外，尚有一些儿什么意义呢？"这也是养成奴性的大本营！"我时常这样想着。

菲哥！亲爱的菲哥！这儿的男学生才可笑呢！他们对待女学生的态度很特别！我们的××大学，合共只有四个女生！当我们上课时，总有一千对惊奇的，不含好意的眼睛把我们钉视着！咳！这有什么意思呢？咳！

还有呢！他们这班坏东西，偷偷地对着女性的进攻真是来的太厉害！他们真是把恋爱这回事弄得莫名其妙！他们和一个女性才开始相识，便拼命进攻；过几天，他们便以为已经是恋爱起来了！咳！这班浑蛋真是讨厌！我受他们的气，委实是不少！菲哥！亲爱的菲哥！你看这儿的环境是多么布满乌烟瘴气啊！

咳！在这样恶劣的环境下的我，怎能不回忆到我们俩在革命发祥地的 C 城的那段光明璀璨的浪漫史！想到那段光明璀璨的浪漫史，又怎的不令我想念着你！想念着你，又怎的不令我心伤泪落呢？唉！我的别久离远的菲哥啊！我的别久离远的菲哥啊！……

现在已经是深秋的时候了！唉！唉！在这万里飘零，异乡作客的孤单单的情况中，在这世态炎凉，人心险恶的无依无靠的状态下，在雨声敲着枣子树的深更，在月影儿窥到我的帷帐的午夜，我凄凉，我痛哭！我怎能不忆起我的哥哥！我的又是不得不爱，又是不得不恨的菲哥啊！……

听说你到上海后，住不到一个月，又是回到 A 地去！你回到 S 埠去，当然是去干革命的，这我是很佩服的！但，你为什么又要回到 A 地去呢？这真是使我觉得异常愤恨。唉！唉！菲哥，你一方面和我有了婚约，一方面又恋着旧妻，这是什么办法？唉！我真是——唉！上你的当了！……

菲哥！亲爱的菲哥！从速离开你的腐败的家庭！从速起着家庭革命！不要再在那黑暗的，误解的，无恩义的，以儿子为畜类的旧家庭中滞留着！快到北京来看你的可怜的妹妹吧！你的可怜的妹妹！唉！你的可怜的妹妹，恐怕再也活不出今年了！她是这样的悲观，消极，惨不欲生！自从她觉得已经被你摈弃之后！唉！唉！……

　　或许，和你相见后，能够得到一线生机！唉！亲爱的菲哥！我的又是不得不爱，又是不得不恨的菲哥！在这样寂静得怕人的深秋的午夜，我一面觉得受到死神的挟逼，一面又在洗泪泣血望着你之来临！……

　　我一面又在洗泪泣血望着你之来临！唉！最亲爱的哥哥！我知道你决不是一个寡情的人，你的连一封信都不寄给我，和不答复我的一个字儿，我想你一定也有你的苦衷。或许是因为你萍踪莫定？我寄给你的信，你家中无由转交。或许是你的家中恐怕我俩通信太多，故意把我寄给你的信统统毁灭，你寄给我的信，或许也是由我的家中将它们全数扣留，不转来北京给我。唉！要是这样，要是这样，我真是错怨了我的最亲爱的哥哥了！……

　　你的回到 A 地去，大概也是因为政治环境上的关系吧！我相信你不是喜欢和你的旧妻在一处的人！唉！菲哥！那我也是错怨了你呢！你一定要说，你在革命上完全失败之后，又要受到你的爱人的误解和诅咒！你一定要因此而失望，而伤感起来了！唉！亲爱的哥哥！你如果真是这样，那真是我的罪过啊！……亲爱的哥哥！快赶到北京来吧！我将把你紧紧地搂抱着，流着泪抚着你半年来为失败而留下的周身的瘢痕。你也将和我接一个长时间的热吻，以慰安我的半年来的被压损的心灵。唉！菲哥！最亲爱的菲哥！我是怎样地急切在盼望着你之来临！我是怎样地急切在盼望着你之来临呢？唉！唉！……

菲哥！你还记起吗？我想你无论如何是不能忘记的！我们俩在 C 城时合影的那张手儿相携，唇儿相亲的相片，你还记起吗？我想你无论如何是不能忘记的！唉！唉！在 C 城的我俩，在影相里面的我俩！我现在一面在写信给你，一面在把这张相片呆呆地细看。唉！唉！亲爱的哥哥！我怎的能够不想念着你！想念着你，我怎的又能够不为你心伤泪落呢？……

唉！菲哥！你亲笔题在这张相片上的几句话，你大概是不至于忘记的吧！不！我想你一定是不至于忘记的！唉！让我在这儿再抄录出来给你一看！你在这张相片上写的是：

在革命的战线上，
我们都是头一列的好战士！
在生命的程途中，
我们都是不断的创造者！
让我们永远地团结着吧！
永远地前进着吧！
牺牲着我们的生命！
去为着人类寻求着永远的光明！

唉！菲哥！亲爱的菲哥！我直至这时候，念着你这几句说话，心尚为你热，血尚为你沸，泪尚为你洗！我想你大概不至于忘记吧！不！我想你决不至于把这样庄重严肃的说话亦忘记了的！

　　唉！亲爱的菲哥！别久离远的菲哥啊！别久离远的菲哥啊！我在这儿，洗泪泣血盼望你早日之来临！盼望你早日之来临呢！……

　　菲哥！家于我何有？国于我何有？社会于我何有？我所爱的惟有革命事业和我的哥哥！哥哥！从速离开你的腐败的家庭，到我的身边来吧！唉！亲爱的哥哥！让我们永远地手携着手，干着革命去吧！……

　　祝你健康！

　　　　　　　　　　　　　　　　　　你的妹妹曼曼

　　坐在灯下看着这封信的之菲，这时心中十分感动，双眼满包着热泪！他下意识地不住念着："家于我何有？国于我何有？社会于我何有？我所爱的惟有革命事业和我的哥哥！"

　　这时候，在他面前的，显然分出两条大路来。一条是黑暗的，污秽的，不康健的，到灭亡的路去的！一条是光明的，伟大的，美丽的，到积极奋斗，积极求生的路去的！他脸上溢出一点笑容，他最后的决心，似乎因他的情人这封信愈加决定了！他站起身来，挺直腰子，展开胸脯，昂着头，把那几句题在相片上面的诗句，像须生一样的腔调，唱了又唱，坐在他身旁的纤英只是觉得莫名其妙，看见他在笑着，她也笑了。……

　　明天的清晨，他和王秋叶把行装弄清楚了，悄悄地离开他的家庭，再上他的流亡的征途去！……

图书在版编目(CIP)数据

洪灵菲选集/洪灵菲著. —北京：开明出版社，2015.7
（2023.2重印）

（新文学选集. 第1辑）

ISBN 978-7-5131-2160-6

Ⅰ.①洪… Ⅱ.①洪… Ⅲ.①自传体小说－中国－现代 Ⅳ.①I246.5

中国版本图书馆CIP数据核字(2015)第166723号

责任编辑：卓玥

书　　名：洪灵菲选集
出版人：陈滨滨
著　　者：洪灵菲
编辑者：新文学选集编辑委员会
主　　编：茅　盾
出　　版：开明出版社(北京市海淀区西三环北路25号青政大厦6层)
印　　刷：山东华立印务有限公司
开　　本：148＊210　1/32
印　　张：6
字　　数：122千字
版　　次：2015年7月第一版
印　　次：2023年2月第三次印刷
定　　价：18.00

印刷、装订质量问题，出版社负责调换。联系电话：(010)88817647

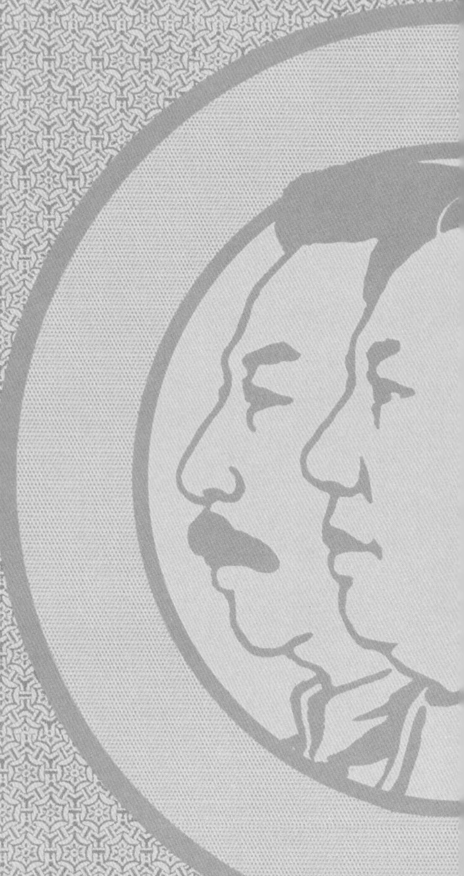